WEST
SIDE
STORY

웨스트 사이드 스토리

WEST SIDE STORY

어빙 슐먼 지음

공보경 옮김

다니비앤비

A Novelization by Irving Shulman

A novelization of the Broadway musical "West Side Story"
Based On A Conception of Jerome Robbins / Book by Arthur Laurents
Music by Leonard Bernstein / Lyrics by Stephen Sondheim
Entire original production directed and choreographed by Jerome Robbins.

목차

웨스트 사이드 스토리는 브로드웨이 무대에 오르자마자 20세기 최고의
독창적인 뮤지컬 작품 중 하나로 인정받았다. 영화로도 만들어져
마찬가지로 큰 성공을 거둔 바 있다. 현대적인 배경 속에 고전적인 이야기를
담아낸 이 작품은 지금까지도 미국 공연예술계의 독보적인 작품 중
하나로 평가되고 있다.

그들은
널
사랑하지 않아

리프 로턴은 손목시계를 내려다보았다.
지난주에 술 취한 사람한테서 훔친 시계였다. 아직 밤 아홉
시밖에 안 됐네. 밤이 이제 시작이구나, 하는 생각에 한숨이
절로 나왔다. 서머타임 때문에 행동에 나서는 시간을 뒤로
미뤄야 했다. 날이 완전히 어두워져야 일을 시작할 수 있으니
종일 애가 타고 불안했다. 당장 출발해야 하는 건 아닐까?
지금 제트피 조직원들을 준비시켜 행동에 나서는 편이 더 좋지
않을까? 그런 생각을 하느라 마음 편히 쉬지도 못했다.

베이비 존 같은 어린 조직원들은 근처를 어슬렁대면서
명령을 기다리게 돼도 크게 문제될 게 없다. 하지만 정식
조직원들에게는 예전에 토니가 그랬듯이 바쁘게 움직일만한

일거리를 던져주고 중요한 임무를 수행하고 있다는 생각을 심어줘야 했다. 지금은 제트파를 탈퇴한 토니처럼, 리프도 그럴싸한 일을 계획해야 했다.

두어 가지 일을 생각해두기는 했다. 손목시계가 필요한 제트파 조직원 두 명을 위해 센트럴파크로 가서 술에 취해 뻗은 사람한테서 슬쩍 훔치는 것도 괜찮을 것 같았다. 아니면 풀숲 뒤에 숨어 있다가 어떤 멍청이가 데이트 상대에게 본격적으로 야한 짓거리를 시작하려는 순간 훼방을 놓든가. 그리고 각자 흩어져서는 엉덩이를 과장되게 들썩이며 센트럴파크를 신나게 걷다가 형편없는 동성애자 한 놈을 잡아 두들겨 팬 다음 지갑과 손목시계를 빼앗는 것이다.

하나씩 따져보니 모두 실행하기는 쉽지 않을 것 같다. 센트럴파크에는 어두워지면 몽둥이 먼저 휘두르고 용무는 나중에 묻는 경찰들이 돌아다닌다. 으슥한 곳에서 여자를 껴안고 있는 놈이 알고 보니 강간범이었다면 근처에서 어슬렁대다가 괜한 봉변을 당할 수도 있다. 그리고 동성애자 중에는 부두 노동자나 트럭 운전사, 유도 유단자, 레슬링 선수 같은 힘센 놈들이 있을 수 있다. 그런 놈들과 싸움이라도 붙었다가는 대가리가 박살나기 십상이다. 여자처럼 곱상하게 생긴 놈이어도 함부로 건드리면 안 된다. 동성애자 단속에 나선 사복 경찰일 수 있으니까. 이래저래 센트럴파크에는 갈

만한 상황이 아니었다.

　그럼 여자를 꼬시러 다니는 건 어떨까. 제트파는 일단 들이대는 걸 선호한다. 하지만 돌아다니다 마음에 드는 여자라도 만나면 밤새 붙잡혀 있어야 한다. 그라지엘라도 그렇게 만났는데 리프에게 딱 들러붙고 말았다. 덕분에 리프는 제대로 나이를 먹기도 전에 팍삭 늙어버린 기분이었다.

　성격이 밝아 쿨한 관계로 지낼 거라 생각했던 그라지엘라는 알고 보니 결혼에 대한 끔찍한 환상에 젖어 있는 여자였다. 리프에게 악을 쓰면서 요즘 애들이 얼마나 빨리 결혼하는지 아느냐고 계속 닦달을 해댔다. 신문에 실린 혼인 신고자 명단을 가져와 리프의 눈앞에 들이밀기도 했다. 명단에 적힌 이들의 나이는 대부분 열여덟 살에 불과했다.

　'됐거든.'

　리프는 속으로 생각했다. 다른 제트파 조직원들도 같은 생각일 것이다. 리프는 결혼 따윈 하지 않고 평생 춤만 흥겹게 추면서 살아도 행복할 것 같았다.

　넘버 투인 액션이 리프의 팔을 쿡 찌르며 말을 걸었다.

　"오늘 밤에는 어떤 일이 벌어질까? 아름다운 우리 도시 이름에 어떤 식으로 먹칠을 하게 될지 정말 기대되는데?"

리프는 22살이라 적힌 신분증으로 이빨 사이를 쑤셨다. 적당한 체구를 가진 그는 각진 턱과 얼굴, 싸울 때 머리채를 잡히지 않도록 바짝 깎은 머리카락, 코 위에 알맞은 간격으로 배치된 크고 지적인 눈, 두 번 깨졌던 코를 가진 청년이다.

제트파에 소속된 다른 청년들처럼 리프도 날씨에 맞는 평범한 차림을 하고 있었다. 그들 대부분은 치노 바지나 청바지 위에 잘 발달된 상반신 근육을 뽐내기 위해 딱 들러붙는 티셔츠를 받쳐 입고, 목 짧은 검은색 부츠를 신었다. 리프가 가로등 기둥에 기대어 서자 그의 결정을 기다리듯 제트파 조직원들이 주변에 모여들었다. 기대에 찬 반짝이는 눈과 잔인한 성품을 드러내는 입가의 주름 그리고 꽉 다문 입, 언제든 손톱을 세울 준비가 되어 있는 손가락까지. 다들 전선 밖으로 튀어 나가려는 전기처럼 근질근질한 몸을 주체하지 못해 발을 이리저리 끌었다.

리프는 오래 전부터 몸에 익은 습관인 것처럼 그들 머리 뒤쪽을 살폈다. 혹시라도 토니가 이쪽 블록으로 걸어오고 있지 않을까 싶어서였다. 그는 토니가 제트파를 그만두고 떠난 것을 여전히 이해할 수 없었다. 어머니의 건강이 걱정돼서 그만둔다고 토니가 직접 말하긴 했지만 그게 사실인지도 의심스러웠다. 리프의 어머니는 물론 액션, 에이랩, 디젤, 지타의 어머니도 매일 위험 속에서 살고 계신 건 마찬가지였지만 아직까지 돌아가신 분은 없었다.

"폴란드 놈 그만 좀 찾아. 토니는 우리 패거리가 싫어서 나간 거잖아."

액션이 그렇게 말하자 리프가 물었다.

"네가 가진 문제가 뭔지는 알아?"

액션은 뒤로 한 걸음 물러서며 두 손을 맞잡더니 우두둑 소리를 냈다.

"그래, 어디 한번 말해 봐."

"네 녀석 머리는 두 개를 합해 봐야 다른 놈 머리 하나만도 못하다는 거야."

그 말을 들은 베이비 존이 웃음을 터뜨렸다.

"맞는 말이야, 리프. 지금 네가 했던 말을 다른 사람도 똑같이 했었어."

베이비 존은 화가 난 액션의 손을 피해 고개를 숙였다가 도로 경계석 쪽으로 폴짝 뛰었다.

"알았어, 액션. 웃어서 미안해."

"너 한 번만 더 그러면 나한테 처맞을 줄 알아."

액션은 베이비 존에게 경고한 다음 다른 제트파 조직원들 옆으로 다가갔다.

지금까지 액션은 베이비 존이 마음에 들었던 적이 단 한 순간도 없었다. 하지만 토니는 대부분의 조직원들이 열서너 살 때부터 제트파 주변에서 컸다면서, 그때부터 싹수를 보이지 않으면 이렇게 거리를 돌아다니는 생활은 엄두도 못 낼 거라고 하며 베이비 존의 뒤를 봐주고 있었다. 그래도 신입으로 들일만한 녀석들은 쌔고 쌨다. 베이비 존은 별명부터가 제트파와 어울리지 않았다. 싸움이 격해져서 상대와 맞서 싸워야 할 때, 몽둥이를 손에 들고 휘두르는 조직원의 별명이 베이비 존이라면 폼이 나겠냐 말이다.

빡치는 상황이 닥칠 때면 리프에게서 제트파 대장 자리를 빼앗을 생각도 종종 했었다. 하지만 막상 대장이 돼서 이런저런 지시를 내리며 조직을 이끌어 갈 생각을 하면 부담스러운 것도 사실이었다. 그냥 지금처럼 지나간 일에 불평이나 하면서 대장 자격이 있네 없네 하며 리프를 갈구는 게 더 속 편할 것 같았다.

대장이 된 후로 리프가 제트파를 잘 이끌고 있기는 했다. 다른 구역의 백인 갱단들이 제트파에게 감히 덤빌 생각을 하지 못하거나 흑인들이 이쪽 동네에 얼씬대지 않는 것만 봐도 알 수 있다. 다만 요즘 우리 구역에서 자주 눈에 띄는 푸에르토리코 놈들이 문제였다. 경찰이나 공무원들은 그

양아치들을 어떻게 할 엄두조차 내지 못하고 있으니, 제트파가 나서서 순찰을 도는 수밖에 없었다.

액션은 손가락을 문지르며 생각에 잠겼다. 리프 옆에서 때를 기다리다 보면 언젠가 동네를 지킨 공로를 인정받아 시장에게 훈장이라도 받지 않을까. 화려한 훈장 수여식과 축하 연설, 넘쳐나는 술과 여자들을 상상해보았다. 수여식 마지막에 훈장을 받을 때 제트파가 그 훈장으로 뭘 할건지 똑똑히 보여줄 것이다. 그러면 놈들은 깜짝 놀라 자빠지겠지!

물구나무서 있던 디젤이 훌쩍 몸을 날려 바로 서더니 말했다.

"오늘은 왠지 꽤 지루한 밤이 될 것 같은데."

디젤은 머리 위에 떠 있는 별들을 올려다보다가 거리의 가로등으로 시선을 옮겼다.

"뭘 해야 할지 아무 생각도 떠오르질 않아. 그렇다고 어디 가서 드러누워 자고 싶을 정도로 피곤한 것도 아닌데…. 우리 심야 영화 보러 가는 건 어때?"

"됐어. 돌아다니면서 거리 분위기나 살피자. 너랑 너…." 리프가 마우스피스와 타이거에게 지시했다.

"너희 둘은 어디 말썽 난 곳은 없는지 눈 크게 뜨고 잘 살펴 봐."

어깨를 쭉 편 리프는 묵직한 군용 벨트 뒤쪽에 양손 엄지를 끼우고는 과장된 걸음걸이로 뻣뻣하게 걸었다. 시선은 저 먼 앞쪽에 두었다. 여기는 제트파 구역이니 그의 앞을 가로막는 사람이 있어서는 안 된다.

조직원들은 리프의 뒤에서 두세 명씩 짝을 지어 움직였다. 베이비 존은 최대한 리프 가까이에서 그를 흉내 내며 걸었다. 그가 리프처럼 벨트 뒤쪽에 엄지를 끼우고 걷는다는 사실을 다른 조직원들, 특히 리프가 알아채지 못하길 바라면서. 하지만 액션과 에이랩, 빅딜, 스노우보이, 지타도 그런 식으로 걷고 있기는 마찬가지였다. 그들이 이렇게 자신만만하게 거리를 활보하는 것은 누구든 붙잡아 마음대로 할 수 있다는 자신감의 표현이기도 했다.

제트파는 외모와 태도, 결단력에 있어서 이 지역의 다른 갱들과는 확연히 달랐다. 특별히 증오하는 대상이 없다는 게 가장 무시무시한 점이었다. 제트파는 자신들이 가는 길에 방해가 되는 것은 무엇이든 화풀이했다. 표정이나 말투, 태도 심지어 생각까지도 문제 삼았다. 언제든 적으로 간주될 수 있기에 제트파 앞에서는 그 누구도 안전할 수 없었다. 그들은 눈앞에 얼쩡대는 모든 것들을 향해 맹목적이고 무식할 정도로 포악을 떨었다.

그동안 친하게 지냈던 사람이나 조금 전까지 함께 농담을 주고받던 남자 혹은 여자, 외상으로 물건을 내주곤 하는 가게 주인이나 아직 창문이 멀쩡하게 남아 있는 빈 건물들도 언제든 제트파의 화풀이 대상이 될 수 있었다. 무차별적인 파괴 욕구에 사로잡힌 그들은 어떤 사람, 어떤 기관이든 가리지 않았다. 마음에 들지 않으면 무조건 때려 부쉈고, 더 이상 박살 낼 게 없으면 자기네끼리 으르렁댔다.

천 개의 거리, 만 개의 집과 지붕, 지하실, 골목으로 이루어진 이 도시는 전쟁터나 다름없었다. 사람들은 안전하지 않은 도시에서 두려움에 떨며 하루하루를 근근이 살아갔다.

그런데 푸에르토리코인들이 나타난 뒤로 제트파에게 명확한 목표와 싸울 대상이 생겼다. 그리고 이 도시는 푸에르토리코인들을 뺀 모든 이에게 훨씬 안전한 곳이 됐다. 이 도시에 멋대로 기어들어 온 푸에르토리코인들은 어떤 불평등도 죄다 감수해야 하는 존재였다.

생각할 줄 아는 머리를 가진 사람이라면, 푸에르토리코인들이 이 도시에서 완전히 쫓겨날 경우 무슨 일이 벌어질지 염두에 둘 수밖에 없었다. 결론적으로 푸에르토리코인들을 너무 심하게 몰아붙이지 않는 게 모두에게 이득이었다. 이대로 두면 제트파는 푸에르토리코인들과 대립할 것이고, 그들도 그에 상응하는 보복을 할 것이다. 서로를 공격하다가 결국 양쪽 다 무너지면 그야말로 해피엔딩이니, 사람들은 여느 때처럼 하던 일을 계속하며 살아가면 그만이다.

따뜻해진 밤공기를 즐기려 공동주택 창가와 계단에 걸터앉은 사람들이 지나가는 제트파를 힐끔거렸다. 제트파의 활동을 대놓고 찬성하는 사람들은 그들에게 환호를 보내기도 했다. 개중에는 말썽의 상징이나 다름없는 제트파를 피해 다른 데로 시선을 돌리거나 신문이나 손수건 뒤로 얼굴을 숨기는 이들도 있었다. 복작거리는 이 구역에서 공기나 빛, 희망보다 더 많은 게 바로 말썽이었다. 그러니 굳이 또 다른 말썽을 불러일으킬 이유는 없었다.

다른 거리에도 제트파와 비슷한 다른 갱들이 있었다. 갱들은 늘어지게 늦잠을 자고 오후쯤 일어나 밤늦게까지 지하실이며 골목, 지붕, 쇠락해가는 복잡한 맨해튼의 웨스트 사이드 거리를 고양이처럼 쏘다녔다.

그들은 다른 곳으로 옮겨 갈 만한 처지가 못 되었다. 2차 세계대전이 끝난 지 20년이 다 되어 가지만 주택 공급이 턱없이 부족해 평범한 사람들이 살 집은 많지 않았다. 세를 살던 백인이 아파트에서 나가겠다고 하면 집주인은 새로 세입자를 들이면서 임대료를 올릴 수 있어서 반색했다.

방 세 개를 다섯 개, 여섯 개, 심지어 여덟 개로 쪼개서

세를 놓아도 방마다 푸에르토리코인들로 꽉꽉 차니 집주인 입장에서는 수지맞는 장사였다. 집주인은 그렇게 번 돈으로 플로리다 혹은 캘리포니아 같은 살기 좋은 곳에서 일 년의 대부분을 보냈다. 평소 자기 건물의 상태를 신경 쓰거나 임차인들의 애로 사항을 살펴 복도, 벽, 지붕 같은 곳을 수리할 필요도 없었다. 낡아 빠진 건물이 무너지기라도 하면 그 땅을 주차장으로 만들어 운영하면 그만이었다.

그러니 제트파를 좋아하지 않는 사람들도 이 청년들이 그나마 동네를 지켜준다는 사실을 인정해야 했다. 청년들이 마음에 안 드는 짓을 하거나 말썽을 피워도, 정치인들에게 호소하거나 그들이 뱉어내는 헛소리에 기대는 것보다는 나았다.

정치인들 중에 웨스트 사이드 거주자는 없었다. 정치인들은 작은 공간을 차지하거나 얼마 안 되는 신선한 공기를 들이마시려고 박 터지게 싸울 일이 없었다. 이 도시에 사는 게 우울하고 안전하지 않다면, 땅거미가 깔린 후 위험한 거리가 점점 더 늘어나고 있다면 과연 누구 탓일까? 공동주택 거주자들 중에 푸에르토리코인들을 이 동네에 들여도 된다고 허락한 사람은 아무도 없었다. 그들은 푸에르토리코인들을 이곳에 들여놓는 결정을 하는 과정에서 목소리를 낼 수 없었지만, 그렇다고 분노조차 하지 않는 것은 아니었다. 웨스트 사이드 사람들의 목소리를 대변하는 신문은 없었다. 오직 제트파 같은 갱들만이 목청을 높이고 주먹을 휘두르며 그들의 입장을 대신 말해주고 있었다. 이 점을 잊어서는 안 된다.

혀를 차고, 뒤꿈치로 땅을 세차게 내리밟고, 입꼬리를 비딱하게 올린 미소를 지으며 제트파는 천천히 길을 가로질렀다. 지나가던 자동차들이 끼이익 소리를 내며 급정거했다. 멍청한 운전자 하나가 차 밖으로 고개를 내밀고는 빨리 좀 건너가라고 다그쳤다. 그러자 리프는 걸음을 멈추고 그 운전자를 노려보더니 액션과 디젤을 대동하고 그 차 앞으로 다가갔다. 운전자는 서둘러 차창을 올리고 차문을 걸어 잠갔다. 청년들이 일사불란하게 앞 유리와 옆 유리에 침을 뱉어대는 동안 운전자와 그 옆자리에 앉은 여자는 고양이에게 공격을 받아 겁을 집어먹은 어항 속 물고기처럼 차 안에서 이리저리 꿈틀댈 뿐이었다. 마침내 청년들은 차를 놓아두고 물러섰다. 차가 지나가자 청년들은 뒤 범퍼를 걷어차며 큰소리로 웃어 댔다. 그들은 전에도 이렇게 잘난 척하는 차 주인을 만나면 엉덩이를 걷어차 주곤 했다.

상쾌한 기분으로 인도에 올라선 액션은 자그마한 식료품점에서 나오는 푸에르토리코인 중년 남녀를 손가락으로 가리켰다. 청년들을 본 두 사람은 서로 눈치를 보면서 우물쭈물하다가 식료품점 안으로 도로 들어갔다.
하지만 걸려든 먹이를 쉽게 놓아줄 제트파가 아니었다. 리프가
신호를 하자, 평소 자신을 특공대원이라 여기는 스노우보이가
식료품점 문을 열어젖히고 좁아터진 가게 안으로 작은 악취탄
하나를 던져 넣었다.

　잠시 후, 앞서 간 제트파의 뒤를 따라온 스노우보이가
베이비 존에게 말했다.

　"원래 돼지처럼 사는 놈들이니까 냄새 나는 걸 먹어도
　싫어하지 않을걸."

　베이비 존은 진지하게 고개를 끄덕이면서 방금
들은 말을 나중에 써먹기 위해 머릿속에 저장해 두었다.
리프와 액션은 할부로 산 차를 굴리면서 도로가 다 자기
것인 것처럼 구는 오만한 운전자를 다루는 방법을 몸소
가르쳐 주었고, 스노우보이는 쉽게 잊을 수 없는 독창적인
방법으로 푸에르토리코인들을 처리했다. 오늘 그들에게
당한 푸에르토리코인들이 집에 돌아가 하소연하면 그들의
자식들이 제트파를 찾아 나서겠지만 그래도 상관없었다.
푸에르토리코인들이 제트파 구역에 발을 들이는 순간 뜨거운
맛을 보게 될 테니까.

　제트파는 누구든 건드릴 테면 건드려 보라는 호전적인
자세로 동네 순찰을 계속했다.

오늘은 제트파가 구역을 쭉 돌아보고도 아무 일도 일어나지 않은 두 번째 밤이었다. 리프는 조직원들이 초조해지다 못해 자신에게 대들기 일보 직전임을 감지했다. 액션이 바라는 바이기도 했다. 대장이라면 부하들을 잘 돌봐줘야 하고 해야 할 임무도 계속 제공해야 한다. 그 일을 못 해내면 대장 자격이 없다.

리프가 지금이라도 당장 제트파 대장 자리를 넘겨주고 싶은 사람은 단 한 명, 토니뿐이었다. 토니를 떠올릴수록 속이 상하고 골치가 아팠다. 지금까지 토니를 수도 없이 감싸느라 부하들을 잘 챙기지 못했고 부하들이 필요로 하는 일거리도 만들어주지 못했다.

갑자기 마우스피스가 소리쳤다. 밤 아홉 시가 넘었는데 길 건너편에 푸에르토리코인 세 명이 돌아다니는 모습이 보였다. 리프와 제트파 청년들은 곧장 돌아서서 목표물을 향해 다가갔다. 끄트머리가 노란색 천으로 된 파란 재킷을 입은 그 푸에르토리코인들은 샤크파 조직원들이었다. 푸에르토리코인들은 얼른 좁은 골목 안으로 내달렸다. 쫓아가봤자 소용없다는 것을 알기에 리프는 화를 내며 욕을 내뱉을 수밖에 없었다.

샤크파 세 명이 이 동네에 나타났다는 건 그 패거리가

근처에 있다는 뜻이었다. 오늘 밤 불쌍한 샤크파나 몇 마리 낚아서 족쳐볼까 하고 액션이 주절거리자, 제트파 조직원들은 투지를 다지며 적을 찾기 위해 눈에 불을 켰다. 모퉁이를 돌면서 두 무리로 나눠 좀 더 넓은 영역을 훑어보려던 리프는 조직원들에게 손을 들어 신호했다. 최악의 말썽이 일어났음을 뜻하는 수신호로, 경찰이 떴다는 것을 의미했다. 경찰을 수차례 겪어본 제트파 조직원들은 이내 걸음을 늦추고 경찰차가 저 앞에서 멈추기를 기다렸다.

제트파 조직원들은 언뜻 봐서는 동네 산책을 나온 것 같은 모습이었다. 리프는 앞장서서 경찰차로 다가갔다. 칼 여러 자루, 놋쇠 너클(손가락에 끼는 무기 - 옮긴이) 두 개, 자전거 체인 두 줄을 주머니에 불룩하게 넣고 있던 마우스피스가 슬쩍 뒤로 빠졌다. 마우스피스가 어느 공동주택 지하실 쪽으로 능숙하게 몸을 숨기는 것을 본 리프는 속으로 흐뭇했다. 저 뒤로 돌아가 뒷마당을 가로질러 비상계단 몇 개를 오르내리면 제트파의 지하 비밀 무기 창고로 숨어들 수 있을 것이다.

리프는 경찰들이 마우스피스가 달아나는 걸 보지 못하도록 숙련된 동작으로 시야를 막아서며 경찰차 문을 손으로 꽉 눌러 잡았다. 그러고는 허리를 굽혀 차 안에 탄 경찰들에게 인사를 건넸다.

"야아, 슈랭크 형사님."

리프는 편안한 표정을 짓고 있다가 문이 열리지 않자 인상을 팍 구기는 사복 경찰에게 먼저 인사를 건넸다. 이어서 운전석에 앉은 제복 경찰에게도 아는 체했다.

"크럼키 경관님도 계시네요."

크럼키 경관이 앉아 있는 쪽 문은 액션과 빅딜이 지키고 서 있었다.

"이 동네에는 무슨 일로 오셨을까?"

슈랭크 형사가 물었다.

"손가락 다 분질러 놓기 전에 차 문에서 손 떼. 방금 토낀 새끼는 누구야?"

뒤로 한 발 물러선 리프는 액션에게 눈짓을 해 경찰들이 차에서 내릴 수 있게 했다.

"저희는 법과 질서를 수호하시는 경찰관님들과 평화롭게 지내려는 건실한 청년들인데, 무슨 그런 서운한 말씀을 하십니까."

인도 위에 선 슈랭크 형사는 조금 전 무리에서 떨어져 나와 슬그머니 달아난 놈을 쫓아갈까 말까 갈등하는 눈치였다. 하지만 쫓아가도 잡을 수 있는 상황이 아님을 깨닫고 이를 드러내며 억지 미소를 지었다. 큰 키에 우람하고 건장한 체격을 가진 슈랭크는 손도 큼지막해서 남의 머리통 정도는 쉽게 깨놓을 수 있을 듯했다. 그는 껌 한 조각을 입에 넣고 뒤를 슬쩍 돌아보며 물었다.

"방금 달아난 놈 누구냐니까?"

리프는 부하들의 머릿수를 세는 척했다.

"한 명도 빠짐없이 다 여기 있는데요. 형사님이 친히 여기까지 와주셨는데 저희가 어떻게 해드리면 좋을지 말씀만 하세요. 영혼을 갈아 넣은 환영의 노래라도 불러드릴까요?"

"집어치워. 여기가 네 땅이냐."

삼십 년 가까이 경찰에 몸담아온 슈랭크는 여태 그의 목숨을 보장해 준 철학적 운명론과 그간의 온갖 험한 인생 경험 때문에 인상까지 딱딱하게 변했다. 슈랭크의 기준에는 썩지 않은 인간이 없었다. 그는 사고뭉치들을 일찌감치 잡초 뽑듯 솎아 내 자근자근 밟아 놓는 게 상책이라고 여기는 사람이었다.

"다들 흩어져. 쓸데없는 짓 했다가 걸리면 혼날 줄 알아."

슈랭크는 제트파 조직원들에게 경고했다.

"특히 너, 건방 떨지 마, 에이랩."

"죄송스럽지만 원래 이렇게 생겨 먹어서 어쩔 수가 없네요. 제 외모가 다르게 보일 방법은…."

크럽키 경관이 재빨리 말을 끊었다.

"그래, 너 말 한번 잘했다. 지금 나랑 저기 뒷골목으로 갈래? 네 얼굴을 짓이겨 놓으면 지금보다는 더 보기 좋을 것 같은데."

슈랭크가 손을 들어 크럽키의 입을 다물게 했다.

"너희 중에 저 아래 보데가 식료품점에 악취탄 던진 놈 있냐?"

"보데가 식료품점이요?"

베이비 존이 되물었다.

"뭔가 추잡한 단어처럼 들리는데요, 형사님. 이래 봬도 제가 어리고 순진해서요."

그러자 슈랭크는 베이비 존에게 경고했다.

"좋게 말할 때 집으로 돌아가. 구제불능인 놈들과 어울려 돌아다니는 걸 보니 너도 참 멍청한 놈이구나."

스노우보이는 보호라도 하듯 베이비 존의 목에 한쪽 팔을 걸쳤다. 그는 전에도 그 식료품점에 악취탄을 던진 적이 있었지만 걸리지 않았다.

"이 녀석이 말썽에 휘말리지 않게 저희가 잘 돌볼게요, 슈랭크 형사님."

스노우보이가 베이비 존의 머리를 쓰다듬자 베이비 존은 순진무구한 척 눈동자를 위로 굴렸다.

"나쁜 놈들과 어울리지 않도록 할게요."

슈랭크는 말꼬리를 돌리려는 스노우보이의 수작을

물리치고 하던 얘기를 계속했다.

"너희는 식료품점 일에 대해서는 전혀 모른다는 거네?"

리프는 고개를 저었다. 그리고는 맹세하듯 오른손을 들어 올리며 말했다.

"2분 전쯤에 샤크파 두 명이 어슬렁대는 걸 봤습니다. 식료품점의 나사 빠진 주인이 샤크파에게 보호비를 내지 않겠다고 해서 봉변을 당한 게 아닌가 싶은데요. 이참에 저희를 조수로 삼아 주신다면…."

리프는 크럽키의 권총집에서 삐져나온 묵직한 권총 손잡이를 탐나는 눈빛으로 바라보며 말을 이었다.

"기꺼이 무보수로 도와드리죠."

"시답잖은 소리는 그만둬. 샤크파가 한 짓이 아니야. 식료품점 주인이 악취탄을 던진 놈은 푸에르토리코인이 아니라고 했어."

그러자 빅딜은 두 손바닥을 내보이며 안타깝다는 듯 고개를 절레절레 흔들었다.

"푸에르토리코인이 한 짓도 아니고, 저희가 한 짓도 확실히 아니라면 슬픈 결론을 내릴 수밖에 없네요. 그 가게에 악취탄을 던지는 극악무도한 짓을 저지른 자는 경찰이 아닐까요?"

스노우보이가 맞장구쳤다.

"두 명의 경찰이겠죠. 시민을 위해 봉사하기로 한 맹세를 저버린 변절자이자 배신자요."

빅딜도 거들었다.

"맞습니다. 한 명이 가게 문을 열어젖히고 다른 한 명이 악취탄을 던져 넣었을 겁니다. 정말 끔찍하네요."

빅딜은 혀를 차며 물었다.

"대체 어쩌자고 그런 짓을 한 걸까요?"

슈랭크 형사가 빅딜에게 말했다.

"열 받게 하네. 진짜 누가 한 짓이야? 아까 도망간 그놈 짓 아냐? 빨리 말해. 경찰한테 고자질하는 거랑 협력하는 건 분명히 달라. 입만 살아서 나불대는 너희도 그 정도는 알 거 아니야?"

"물론 알죠. 두 분이 가르쳐 주셨잖아요."

리프는 슈랭크와 크럽키를 번갈아 쳐다보며 대꾸했다.

"관심이 있으실 것 같아서 말씀드리자면, 늘 좋은 가르침을 주시는 두 분께 보답하기 위해 저희가 얼마 안 되는 돈을 모으고 있는 중이에요."

스노우보이가 연설하듯 과장된 동작을 곁들이며 말하자 베이비 존은 배를 잡고 웃었다.

"그게 다 저희를 좀 더 나은 시민으로 만들고자 하는 두 분의 가르침 덕분이라는 걸 알아요. 그 가르침이 없다면 저희는 아무것도 모르는 무지렁이로 살아갈 수밖에 없잖아요. 그럼 저희가 어떻게 시민으로서 책임을 다하며 살 수 있겠어요?"

박수가 쏟아지자 스노우보이는 겸손하게 손을 올려 진정시켰다. 그러고는 꾸벅 절을 하면서 크럽키의 경찰봉이 닿지 않는 곳으로 뒷걸음질 쳤다.

슈랭크 형사가 말했다.

"내 말 잘 들어, 리프. 너희들도 다 마찬가지야."

민첩하게 다가온 슈랭크가 리프의 어깨를 오른손으로 꽉 잡았다. 어찌나 세게 잡았는지 통증이 느껴질 정도였다.

"깜짝 놀랄 소식을 전해 주마."

슈랭크는 리프가 인상을 구기길 바라며 어깨를 잡은 손에 힘을 주었다.

"이 거리는 너희 깡패 새끼들 소유가 아니야."

리프는 잡힌 어깨가 아팠지만 차분하고 무심한 목소리로 대꾸했다.

"저희 소유라고 말한 적 없습니다."

"너희랑 푸에르토리코 놈들이 서로 급습을 해대고 툭하면 악취탄을 터뜨리고 있잖아. 우린 그놈들한테도 경고했고 지금 너희한테도 경고하고 있는 거야. 너희도 어디든 있을 곳이 필요할 테니 너희 구역에 쌍박혀 있어.

다른 구역은 얼씬거리지 말고. 인도를 막고 서 있지도
마."

액션이 손뼉을 치며 대꾸했다.

"드디어 공식 발표를 하셨다! 우린 이제 순찰을 안
돌아도 돼! 감사합니다, 슈랭크 형사님!"

"네 말 들으니까 생각나네."

슈랭크는 액션에게 손가락질하며 말했다.

"순찰 얘기가 나왔으니 이 말은 꼭 해줘야겠다."

슈랭크는 턱을 힘차게 돌려 껌을 쫙쫙 씹으면서 웃음기가
사라진 얼굴로 덧붙였다.

"내 말 똑똑히 들어."

슈랭크가 왼 주먹을 움켜쥐자 제트파 조직원들도 함부로
농담을 지껄일 수 없었다.

"너희들이 벌인 난장판을 미리 제압하지 못하면, 그래서
이 거리를 깨끗하고 조용하게 유지하지 못하면 내 일도
꼬이게 돼. 그 말은 나도 너희처럼 백수가 돼서 이 거리를
배회하게 된다는 말이지. 그렇게 되는 건 도저히 못
참겠거든. 나도 야망이 있어. 너희는 내가 그 야망을 이룰
수 있게 협조해줘야 해. 내 말대로 따르기만 하면 되니까
이제부터는 이렇게 해."

슈랭크는 어깨를 잡은 손가락에 힘을 세게 주면서 옆으로

휙 틀어 반항적인 청년 리프가 휘청하게 만들었다.

"너희는 너희 구역으로 돌아가. 거기서 절대 기어 나오지 마. 샤크파든 다른 푸에르토리코 갱단이든 찾아다닐 생각은 하지도 마. 알겠어, 리프? 젠장."

슈랭크는 리프를 앞뒤로 흔들며 다그쳤다.

"알겠냐고? 빨리 대답해!"

"알겠습니다."

리프는 어깨가 너무 아파 감각이 마비될 정도였지만 아픈 티를 내서 슈랭크의 기분을 흡족하게 해주고 싶지 않았다. 제트파 조직원들은 그의 이런 강인한 정신력을 자랑스러워해야 마땅했다. 아마 토니도 그랬을 것이다.

"평소처럼 행동하라는 말씀이시잖아요. 평화롭게요."

"나머지 놈들도 마찬가지야. 다른 갱들한테도 내 말 전해. 내 말대로 하지 않으면 처맞을 줄 알라고 해. 우리는 언제든지 너희들을 기꺼이 패줄 용의가 있어."

슈랭크가 손으로 잡고 있던 어깨를 확 밀자 리프는 휘청하며 액션에게 부딪혔다.

"너희 구역으로 돌아가. 크럽키 순경과 내가 주기적으로 순찰을 돌 테니까 이 시간에는 자빠져 잠이나 자는 게 좋다는 걸 분명히 기억해 두도록 해."

슈랭크 형사의 말에는 어떤 애정도 담겨 있지 않았다. 과거에도 그랬고 앞으로도 그럴 것이다. 크럽키 경관도 마찬가지였다. 경찰차로 돌아온 슈랭크는 차에 타기 전에 청년들에게 가던 길을 계속 가라는 뜻에서 손가락으로 앞쪽을 가리켰다. 곁눈으로 보니 크럽키가 이 상황을 멋지게 처리한 그를 존경해 마지않는 눈빛으로 바라보고 있었다. 크럽키는 지금 일을 기억해 모두에게 소문을 퍼뜨릴 것이다. 불우한 환경에서 자란 청소년들은 제대로 이해받지 못해 비행을 저지른다는 사회학적 개소리에 질린 다른 경찰들도 슈랭크의 일화를 듣고 교훈을 얻겠지.

슈랭크는 그런 경찰들의 심정도 충분히 이해했다. 식료품점에 악취탄을 던진 녀석을 잡았다면 크게 혼을 냈을 것이다. 스스로 감동에 겨워 길게 숨을 토해 낸 슈랭크는 크럽키가 고개를 끄덕이는 모습을 보았다. 크럽키도 경찰이 고생만 하고 폼은 안 나는 위험한 직업임을 잘 알고 있었다.

하지만 경찰은 위험에 대해 길게 생각할 여유가 없다. 그런 생각을 한다는 것 자체가 겁을 먹었다는 증거이기 때문이다. 요즘에는 경찰로 살려면 두려움에 무뎌져야 한다. 때로 웨스트 사이드에서 대립하는 제트파와 샤크파, 두 개 갱단의 조직원 수가 바퀴벌레보다 많은 것 같기도 했다. 갱이나 바퀴벌레나

쓸어버려야 할 대상인 것은 매한가지였다.

"어디로 갈까요?"

크럽키가 물었다.

슈랭크는 다시 한숨을 쉬었다.

"샤크파 놈들을 만나러 가자. 베르나르도와 얘기해
봐야지."

"그 녀석, 꽤 거칠지 않아요?"

"그놈도 다른 갱들과 다를 거 없어. 말에 외국인 억양이
강하게 섞여 있긴 하지만 말주변이 좋은 편이니 내 말을
알아들을 거야. 다른 놈들도 마찬가지고."

그들은 제트파 조직원들이 거리를 따라 걸어가는 모습을
바라보았다. 청년들의 호전적인 걸음걸이가 몹시 거슬렸다.
그들은 몹시 뻣뻣한 자세로 땅을 발꿈치로 세차게 찍어 누르며
어깨를 거들먹대면서 벨트에 엄지를 찔러 넣고 걷고 있었다.

"식료품점으로 돌아가서 악취탄 던진 놈의 인상착의라도
확보해야 하지 않을까요?"

크럽키의 제안에 슈랭크는 코를 찡그렸다.

"됐어. 냄새가 너무 지독해."

"악취탄 냄새요, 아니면 식료품점 주인 냄새요?"

슈랭크는 짧고 씁쓸하게 웃었다.

"노 코멘트로 해 두지."

리프는 조직원들의 걸음걸이와 휘파람 소리, 웃으며 폼 잡는 태도를 눈여겨보았다. 그들은 모두 아까 경찰들과의 대치에서 완전한 승리를 거둔 것으로 인식한 듯했다. 경찰들이 제트파 조직원들에게 다가와 말을 거는 모습과 리프가 경찰의 처벌에 저항하는 모습을 본 사람들이 소문을 퍼뜨릴 테니 얼마 안 가 푸에르토리코인들의 귀에도 들어갈 것이다. 그 소문은 토니에게도 흘러들어 갈지 모른다. 어쩌면 이 일을 계기로 토니가 제트파로 돌아올 수도 있지 않을까.

토니가 대장 자리를 도로 내놓으라고 하면 리프는 기꺼이 내줄 용의가 있었다. 그러면 액션이 얼마나 길길이 날뛸지 생각하니 저도 모르게 웃음이 났다. 어차피 상관없다. 액션도 리프가 토니한테 대장 자리를 넘겨받은 걸 아닐까. 그나저나 아까 경찰이 꽉 잡은 어깨가 욱신거렸다. 어깨를 문지르고 싶었지만, 경찰의 이유 없는 폭력에도 절대 굴하지 않았다는 메시지를 조직원들에게 전하고 싶어서 꾹 참았다. 이만하면 그가 대장으로서 경찰의 폭력에 저항하지 못했다고는 말할 수 없을 것이다.

보석 가게의 방범용 쇠창살 위에 설치된 시계를 보니 밤 10시가 다 되어 가고 있었다. 이런저런 일들이 빠르게 일어났다. 거리 후미진 모퉁이에서 청년들이 방금 전에 일어난 일을 과장해서 떠벌리고 있었다. 저들은 한 시간은 족히 떠들 것이다. 나라면 슈랭크와 크럽키에게 이렇게 말했을 텐데, 꼴같잖은 경찰들이 주먹을 휘두르면 이렇게 대처했을 텐데, 뭐 그런 실없는 얘기일 테지. 그러다 보면 어느새 밤 11시가 되고 말 것이다.

집으로 돌아가기엔 이르지만, 여자들을 만나러 가기에는 이른 시간이 아니었다. 아침까지는 시간이 많이 남았다. 그야말로 할 일 없이 보내는 시간이다. 속이 쓰릴 정도로 에너지가 차올라 이러다가는 폭발할 것만 같았다.

아무래도 토니를 만나서 제트파에 복귀하라고 설득해야 할 것 같았다. 토니가 제트파 대장일 때는 매 시간 매 분이 온갖 일들로 꽉꽉 차 있었다. 토니를 비롯한 제트파 조직원들이 관리 구역을 넓히느라 정신없이 싸우던 시절이었다. 이 구역을 차지하기 위해 청년들을 계속 끌어들였고, 구역을 빼앗고 지켜내느라 리프를 비롯한 청년들의 몸에 이런저런 상처가 새겨지기도 했다. 그때는 감히 누구도 제트파에게 도전할 생각을 못했다. 그런데 베르나르도가 나타나면서 상황이 달라졌다. 베르나르도는 이 구역에 처음 침범해 온 푸에르토리코인들 중 한 명이다.

동네 이곳저곳에 푸에르토리코인들이 살고 있지만

베르나르도는 유독 무리를 지어 꾸준히 이쪽 구역으로
침범해 들어왔다. 무슨 생각인지는 분명했다. 제트파의
구역을 먹겠다는 의지다. 베르나르도가 이끄는 샤크파에게
구역을 내주면 백인들은 이 동네에서 쫓겨나고 만다.
푸에르토리코인들은 승리를 거뒀다며 헛소리를 지껄이겠지.
만약 그렇게 된다면 백인들은 어디로 가야 할까? 강으로
들어가야 하나?

어림없다. 살고 있는 곳을 떠나 강물로 들어가야 할
놈들은 바로 샤크파다. 스페인어를 쓰는 망할 놈들! 목욕도
하지 않는 그놈들은 욕조에 석탄을 쌓아놓고 산다. 그런
놈들을 걷어차 강물에 처박으면 목욕을 시켜주는 것이나
마찬가지니 호의를 베푸는 셈이다.

"리프!"

리프는 어깨를 움츠릴 뿐 뒤를 돌아보지 않았다.

"야, 리프!"

어느새 애니바디스가 옆에 와 있었다.

"슈랭크 형사가 뭐래?"

리프는 하얀 피부에 마른 체격, 아무렇게나 자른
머리카락을 가진 열정적인 말괄량이를 돌아보았다. 빈약한
가슴을 티셔츠로 가린 애니바디스는 비쩍 마른 엉덩이에

겨우 걸쳐진 청바지를 입고, 더러운 발에는 끊어진 끈으로 묶어 놓은 지저분한 테니스화를 신고 있었다. 베이비 존이 엉덩이를 만지려고 다가오자 애니바디스는 옆으로 오른팔을 크게 휘둘러 그의 목을 걸어 잡았다. 여느 청년처럼 재빠른 동작이었다.

베이비 존의 공격을 피한 애니바디스는 단호하고 분명한 목소리로 그에게 욕을 하고는 혀를 감아 침을 모은 뒤 퉤 뱉었다.

"넌 나중에 손봐줄게."

애니바디스는 베이비 존에게 이렇게 말하고 리프에게 물었다.

"무슨 일이라도 있었어, 대장?"

"얘기를 나눴어."

"무슨 얘기?"

"너에 대한 얘기… 슈랭크가 우리더러 널 내쫓고 싶은지 묻더라구. 그래서 그럴 거라고 대답했지."

애니바디스가 그의 팔을 잡으려 하사 리프는 팔을 흔들어 떨쳐냈다.

그러자 애니바디스가 말했다.

"그런 말 안 믿어. 대장은 제트파에게 그런 식으로 말할 사람이 아니잖아."

"넌 제트파가 아니야. 어차피 노력해도 안 돼."

"내가 뭘 어떻게 해야 제트파가 될 수 있는데?"

애니바디스는 종종걸음으로 따라붙으며 리프의 벨트에 손가락을 걸려고 했다.

"다른 조직원들처럼 나도 뭐든 할 수 있어."

"진심이야?"

"한번 시험해봐도 좋아."

리프는 다른 조직원들이 들을 수 있도록 목청을 높였다.

"우린 이제 여자 꼬시러 갈 거야. 베이비 존까지 모두 다. 여자를 만나면 아마 섹스도 하겠지. 너도 여자 꼬실 수 있어?"

애니바디스의 입에서 흐느낌이 흘러나왔지만 왁자지껄한 웃음소리에 묻히고 말았다. 애니바디스는 리프에게 아무렇게나 주먹을 뻗었지만 리프는 왼손으로 가볍게 막아냈다. 곧 베이비 존이 애니바디스의 엉덩이를 만지려고 달려들었다.

애니바디스의 꾀죄죄한 뺨을 타고 눈물이 흘러내렸다. 좌절한 애니바디스는 돌멩이나 막대기, 유리병을 찾아 닥치는 대로 손을 휘저었지만 잡히는 것이 없었다. 웃어대는 조직원들에게 둘러싸인 애니바디스는 홱 돌아서서 도로로 내려갔다. 놀란 차들이 빵빵대며 경적을 울려대도 아랑곳하지 않고 멈춰 있는 차들 사이를 지나 건너편 인도로 올라섰다.

액션이 리프를 칭찬하고 나섰다.

"나쁘지 않았어.

토니도 쟤를 이렇게 빨리 떼어내진 못했거든."

5월이었지만 밤공기가 워낙 따뜻해서 초여름이라고 해도 좋을 날씨였다. 공동주택 지붕 위에 앉아 있던 마리아 누네즈는 센트럴파크를 내려다보았다. 밝게 빛나는 창문들과 불규칙한 빛의 조각들이 여기저기 널려 있었다. 비상계단을 밟고 올라와 사다리를 지나면 바로 이 지붕 위에 오를 수 있었다. 마리아는 창문 하나 딸린 작은 주방에 모여 앉아 복작거리는 아버지와 어머니, 두 삼촌과 숙모, 다른 가족 들과 쓸데없는 말을 주고받고 싶지 않아 여기에 올라왔다.

머리 위 하늘에는 별이 가득했다. 얇고 보잘 것 없는 구름들이 지나가는 달빛에 흩어졌다. 마리아는 1.6킬로미터쯤 떨어진 곳에 우뚝 솟은 건물들을 감상하기 위해 땅거미가 질 무렵이면 지붕에 올라오곤 했다. 일주일 전보다 그 건물들과의 거리가 더 멀게 느껴졌다.

도시에 서서히 밤이 찾아들었다. 밤은 거대한 건물들의 날카로운 형태와 힘을 누그러뜨렸고, 복잡한 디자인으로 구성된 반질반질한 금속과 돌을 부드럽게 느껴지게 했다. 곳곳에 솟은 거대한 건물들을 지워버렸고 여러 줄로 된 창문들에 다양한 색을 입혔다. 사람들은 저 화려하고 놀라운 건물들 속에서 제각기 다른 모습으로 살아간다.

손바닥으로 턱을 받치고 앉은 마리아는 저런 곳에 사는 사람들은 얼마나 멋진 옷을 입고 화려한 생활을 하고 있을지 궁금했다. 저 아래 거리와는 얼마나 다른 모습일까. 바닥재도, 유리창도 없고, 배관 설비도 갖춰지지 않은, 가축우리나 다름없는 푸에르토리코의 집들과는 비교도 할 수 없었다. 그녀가 태어나 자란 고향의 거리는 대부분 비포장이고, 인도도 따로 없으며, 다들 가난에 허덕이는 곳이었다.

불과 일주일 전에 공항에서 부모님을 다시 만났을 때 마리아는 두 분을 바로 알아보지 못했다. 몇 번 눈을 껌벅인 다음에야 두 팔을 벌리고 달려오는 아저씨와 아줌마가 부모님인 걸 알았다. 두 분은 전보다 확실히 젊어 보였고 태도에도 자신감이 넘쳤으며, 2년 전 마지막으로 봤을 때보다 훨씬 좋은 옷을 입고 있었다. 부모님은 마리아와 마리아의 여동생들을 푸에르토리코의 친척들에게 맡겨 놓고, 미국에서 자리를 잡을 때까지는 어쩔 수 없다며 마리아의 오빠인 베르나르도만 데리고 뉴욕으로 건너갔었다.

마리아가 베르나르도 오빠는 왜 공항에 마중 나오지

않았는지 묻자 아버지는 인상만 쓸 뿐 대답을 하지 않았다. 마리아는 곧 그 이유를 알게 됐다. 열여덟 살이 된 오빠는 여전히 잘생긴 얼굴이지만 두 눈에는 독이 올랐고 입매는 고집스러워졌으며 목소리는 확연히 커졌다. 뿐만 아니라 입을 열 때마다 미국인들에 대한 증오심이 뚝뚝 흘러넘쳤다.

뉴욕은 모든 것이 풍요로웠고, 증오마저도 넘쳐났다. 증오를 떨쳐내고 싶으면 모든 것을 포기하고 푸에르토리코로 돌아가면 될 일이었다. 마리아는 남을 미워하는 것은 잘못된 일이라고 생각했다. 사랑이 증오보다 훨씬 멋지고 기쁜 일이니 마음에 증오를 품은 채 살고 싶지는 않았다.

마리아는 하품을 하면서 두 팔을 쭉 뻗었다. 이제 자러 갈까? 내려가서 영문법을 공부하거나 아버지와 영어 회화 연습을 할까? 영어는 문장 안에서 동사의 위치가 이리저리 바뀐다는 걸 기억해야 한다. 하지만 아직 사람들이 집에 돌아가지 않은 것 같다. 그들은 산후안 시(푸에르토리코의 수도 - 옮긴이)와 작은 고향 마을에 관한 얘기를 하고 있을 것이다. 그들은 왜 푸에르토리고를 떠났을까? 이 질문에는 대답할 필요도 없었다. 두둑해진 주머니와 수도꼭지가 있는 주방 싱크대만 봐도 답을 알 수 있으니까.

깜박이는 빛들이 도시를 비스듬히 가로질렀다. 마리아의 시선은 그 빛이 드러낸 비행기의 흔적을 따라갔다.

푸에르토리코에서 오는 비행기일까, 아니면 푸에르토리코로 가는 비행기일까? 주방으로 내려가고 싶었지만 거기서 다들 스페인어로 떠들고 있을 것을 생각하니 내키지 않았다. 그들은 영어로 말해도 스페인어를 하는 것처럼 들렸다. 마리아는 미국인처럼 강한 자음과 딱 부러지는 모음, 리듬감이나 음악이 느껴지지 않는 억양으로 말하고 싶었다. 누가 봐도 진짜 미국인이 되고 싶었다.

일어서서 두 팔을 뻗어 달과 별을 품에 안았다. 마리아는 어제 열여섯 살이 됐다. 어머니는 마리아가 아름다운 신부가 될 거라며 한바탕 뽀뽀를 퍼부었다. 베르나르도 오빠의 친구인 치노 마르틴은 사랑이 가득한 눈빛으로 마리아를 바라보더니, 그날 늦게 베르나르도와 그녀의 부모님께 마리아와 결혼하고 싶다는 뜻을 전했다. 치노는 7번 대로의 의류 공장에서 견습사원으로 일하는 착실한 청년으로 곧 정규직이 될 예정이었다. 그는 잘생긴 편이었고 베르나르도 오빠와는 달리 내성적인 성격이었다.

발끝으로 서서 지붕 위를 이리저리 돌아다니던 마리아는 제자리에서 빙글 돌며 하늘과 저 멀리 솟은 거대한 건물들을 향해 손 키스를 보냈다. 마리아가 치노와 결혼하면 집에서 나가 독립할 테니 여동생들이 방을 좀 더 여유롭게 쓸 수 있을 것이다. 20년 가까이 사생활이라고는 없이 살았던 부모님과

달리, 마리아와 치노는 결혼한 날부터 사생활을 존중받으며
사랑을 나눌 수 있다고 생각하니 그것도 멋진 일이었다.
마리아는 부끄러워 얼굴을 손으로 가렸다. 이런 생각은
그만해야 한다. 아무리 지붕 위에 혼자 있고 세상을 사랑하는
마음을 품고 있다고 해도 말이다.

　　이 사랑에 치노 마르틴도 포함되어 있을까? 그러나
확신이 서지 않았다. 치노에게 호감이 가는 건 분명했지만 그
이상의 감정은 들지 않았다.

　　　　　　　　　지붕으로 연결된 묵직한 금속 문이
열리는 소리에 뒤를 돌아보았더니 시커먼 그림자가 보였다. 그
그림자가 그녀의 이름을 부르자 마리아의 가슴에서 두려움과
놀람은 사라지고 안도감이 밀려들었다. 마리아가 내뱉는
안도의 한숨이 어찌나 컸던지 베르나르도는 동생이 자신을
알아본 것을 눈치챘다.

　　"지붕에 왜 혼자 올라와 있어?"

　　베르나르도가 나무라듯 물었다.

　　"그러면 안 돼?"

　　"안전하지 않으니까 그렇지. 아니타랑 같이 올라와
　　있었어도 그렇게 말했을 거야."

　　"왜 안 돼?"

마리아는 끈덕지게 물고 늘어졌다.

"아니타는 오빠 여자 친구잖아?"

"그건 맞아."

난간에 기대어 선 베르나르도는 담배에 불을 붙이고
성냥을 저 아래 거리로 휙 던졌다. 그는 성냥이 떨어지는
모습을 바라보며 말했다.

"지붕에 혼자 앉아 있는 건 안전하지 않아. 이 동네에
부랑자들이 얼마나 많은데. 제트파 놈들이 여기 앉아
있는 널 발견하고 지붕에 올라와 나쁜 짓을 저지를지도
모르잖아…."

그 말을 들은 마리아는 밤공기가 따뜻한데도 몸이
떨렸다.

"제트파가 그런 짓을… 한 적이 있어?"

"당연히 했겠지."

베르나르도는 담배를 길게 빨며 말을 이었다.

"그놈들 중 하나가 아까 저녁 때 구에라 씨네 식료품점에
악취탄을 던졌어. 잡히기만 하면 팔을 뜯어내버릴 거야."

"누가 그런 짓을 했는지 알아?"

"누군지가 중요해? 제트파면 말 다 한 거지. 제트파 놈
아무라도 붙잡아서 뜨거운 맛을 보여줄 거야. 그놈들도
우리한테 마찬가지 짓을 하겠지."

"꼭 그래야 해? 제트파는 왜 우리를 못살게 구는 거야?"

"걔네는 우리가 이 나라에 온 것 자체가 자기네한테 방해가 된다고 생각해. 내가 뭘 할 건지 알려줄까?"

"뭘 할 건데?"

"내일 페페, 앵셔스, 토로, 무스를 데리고 타임스 스퀘어에 있는 기념품 가게에 갈 거야."

"가게에서 뭘 훔치려고?"

마리아는 겁을 먹었다.

베르나르도는 여동생의 뺨을 쓰다듬었다.

"당연히 아니지. 거기서 작은 자유의 여신 조각상을 살 거야. 길이가 이 정도쯤 되는 걸로."

베르나르도는 30센티미터쯤 되는 길이를 손짓으로 보여주었다.

"제트파 놈들의 대가리를 후려치기에 알맞은 크기거든. 너 자유의 여신상에 뭐라고 적혀 있는지 알아?"

"몰라. 그걸 알아야 해?"

"더 나은 삶을 찾아 이 나라에 찾아오는 가난한 사람들에 대한 얘기가 적혀 있어. 그게 진실이지. 하지만 제트파 놈들은 그 진실을 믿지 않아. 그래서 우리가 그 멍청한 놈들의 머리를 후려쳐서라도 깨우쳐주려는 거야. 그런 일에 쓰려면 자유의 여신 조각상이 제격이거든."

마리아는 오빠를 마주 보고 섰다. 겁이 나서 눈이 커졌고 심장도 미친 듯이 뛰었다. 마리아는 한쪽으로 비뚤어진 베르나르도의 넥타이 매듭을 고쳐주며 천천히 고개를 저었다. 베르나르도는 잘생겼지만 입매가 굳어 있었고, 눈빛은 마치 덫에 걸린 짐승 같았다. 두려움에 차 있으면서도 증오심과 반항기가 섞인 눈빛이었다. 베르나르도는 좀처럼 그 증오심을 입 밖에 내뱉지 않았기에 시끌시끌하게 화를 내는 것보다 더 무서웠다.

"이곳 사람들한테 꼭 그렇게 해야 할까?"

마리아는 손으로 도시를 쭉 가리키며 덧붙였다.

"난 여기 사는 사람들을 미워하지 않아."

"하지만 그들은 널 사랑하지 않아."

초조해진 베르나르도가 또 다시 동생을 단속했다.

"앞으로는 지붕에 혼자 올라오지 마."

마리아는 눈가를 손으로 문질렀다.

"치노랑 같이 와도 안 돼?"

"치노랑 같이 와도 안 돼."

"하지만 치노는 날 좋아하잖아. 치노가 나랑 결혼하겠다고 엄마 아빠한테 말했다는 게 사실이야?"

"그래."

베르나르도는 동생을 가까이 끌어당겨 품에 꼭 안았다.

"결혼하면 치노랑 둘이 있어도 돼."

그는 한 번 더 경고했다.

"혼자서는 아무 데도 가지 마. 질 떨어지는 미국인들은
자기네가 우리보다 많은 걸 누릴 자격이 있다고 생각해.
그들이 너 같은 여자를 보면⋯."

그는 뒤로 한 걸음 물러나 고개를 옆으로 기울이며
동생을 바라보았다.

"이야, 내 동생 정말 예쁘구나. 치노는 운도 좋아.
그런데 치노가 엄마 아빠한테 네 비행기값 빌려준 거
알아? 우리 여동생들 비행기값도 대신 내줬다는데.
알고 있어?"

마리아는 고개를 숙였다.

"알아. 열심히 일해서 갚을 거야."

"치노 좋아하지?"

"응."

베르나르도는 담배꽁초를 밟아 끄고 담뱃갑에서 새
담배를 꺼냈다.

"사랑하는 것 같아?"

"모르겠어. 좋은 남자인 것 같기는 해."

"그만 내려가자."

베르나르도는 동생의 손을 잡았다.

"손님들이 갔으니까 너도 이제 잘 수 있을 거야. 참,
물어본다는 걸 깜빡했네. 새 일자리는 마음에 들어?"

"엄청 좋아!"

마리아는 손뼉을 쳤다.

"웨딩 숍에서 일하는 게 어떤 기분일지 상상해
봐! 드레스에 면사포에, 가게 안에 온통 아름다운
것들뿐이야."

"넌 세상에서 제일 예쁜 신부가 될 거야. 최고로
아름다운 신부가 되겠지. 꽃길을 걸어오는 널 보면 아마
치노는 기절하고 말걸. 치노는 샤크파 조직원들이랑은
달라. 직업도 있고 출근도 하잖아. 다른 샤크파
조직원이랑 내 여동생이 맺어지는 건 나도 원치 않아."

베르나르도는 동생을 위해 지붕 문을 열어주면서
우아하게 허리를 굽혀 절했다.

"치노는 좋은 남편이 될 거야, 마리아. 그러니까
사랑하려고 노력해 봐."

"노력할게, 오빠. 온 마음을 다해 노력해볼게. 오빠도
집에 들어가서 잘 거지?"

"나중에. 애들을 몇 명 만나기로 했어."

"무슨 일인데? 싸우러 가려고?"

베르나르도는 동생의 뺨에 뽀뽀하며 얼버무렸다.

"그냥 얘기만 좀 할 거야."

"신의 가호가 있기를 기도할게."

"그래. 신이 보호해주든 말든 상관없지만."

2

너한테만
얘기할게

3주 넘게 제트파가 기습을 해왔지만
샤크파는 겁을 먹거나 꽁무니를 빼지 않았다. 공동주택들이
쭉 늘어선 제트파 구역에서 자잘하게 싸움을 해오는 동안
리프는 베르나르도와 맞부딪히지 않고 아슬아슬하게
비껴갔다.

밤이 거듭될수록 싸움에 속도가 붙었다. 급기야 슈랭크
형사와 크럽키 경관은 밤마다 그 블록에서 순찰을 돌며
리프와 베르나르도, 그리고 그들의 부하들을 찾아나서기에
이르렀다. 하지만 청년들은 이 동네의 미로처럼 좁은
골목골목을 경찰보다 훨씬 잘 알고 있었다. 그들은 경찰들이
저만치 사라질 때까지 음식 냄새가 배어 있는 비좁은 요리

운반용 승강기 안이나 지하실 와인 보관함, 어두컴컴한 쓰레기통이나 공동주택 계단 밑 같은 곳에 바짝 웅크린 채 숨어 있곤 했다. 그리고 새벽 2시가 지나면 다시 싸움을 시작했다. 아침마다 점점 더 많은 희생자들이 나오면서 동네에는 긴장감이 감돌았다.

지난 나흘 동안 샤크파는 독창적인 방법으로 제트파를 기습하며 우위를 점해왔다. 제트파도 지지 않고 반격에 나섰다. 마우스피스는 베르나르도를 비롯한 샤크파를 총력전으로 이끌어내기 위해 푸에르토리코인이 운영하는 식료품점에 또 다시 악취탄을 던져 넣었다. 하지만 베르나르도는 응하지 않았다. 대신 페페와 니블스에게 오후에 영화를 보고 있던 베이비 존을 붙잡아 본때를 보이라고 지시했다.

페페와 니블스는 베이비 존의 등에 뾰족한 얼음송곳을 갖다 대고 악쓰지 말라고 경고하면서 그를 남자 화장실로 끌고 갔다. 니블스는 베이비 존의 입에 휴지를 쑤셔 넣은 다음 화장실 칸 안에 처박고 흠씬 두들겨 팼다. 변기에 베이비 존의 머리를 처박고 송곳으로 귀에 상처를 내 낙인을 찍은 다음 제트파에게 이렇게 전하라고 시켰다….

샤크파는 제트파와 기꺼이 싸울 각오가 되어 있지만

노인네들한테까지 화풀이를 하지는 않겠다. 겁쟁이 제트파가
적당한 선에서 멈추지 않는다면 우리가 반드시 너희를
그만두게 만들 것이다.

"그렇다는데."
리프는 제트파 조직원 모두에게 그 말을 전했다. 리프의
부모님이 야근이라, 그의 집에 모여 있었다.
"베이비 존을 건드렸으니 놈들을 다 작살내야지."
"내가 바로 피해자잖아."
베이비 존이 자랑스럽게 말하자 에이랩이 받아쳤다.
"넌 이미 낙인 찍혔어. 귀에 난 그 상처는 네가
푸에르토리코 놈들 꺼라는 의미야."
리프는 스프링 나이프의 묵직한 끄트머리로 식탁을
두들겼다.
"시답잖은 소리 그만해. 샤크파가 한 짓이 확실해?"
"놈들 중에 니블스가 있었어. 그 더러운 새끼들은 다
비슷하게 생겼잖아. 그놈들이 나더러 식료품점에 악취탄
던진 벌을 주는 거라고 했어."
베이비 존은 귓불을 조심스럽게 만지며 물었다.
"놈들이 이런 짓을 했는데 그냥 놔둘 거야?"
리프가 단호하게 말했다.

"그냥 못 두지. 본때를 보여줘야지. 누가 왔나 본데 나가
봐, 디젤."

현관문을 두드리는 소리에 리프가 지시했다.

리프는 집으로 찾아온 사람이 토니이길 바랐다. 지난 며칠
동안 그는 토니의 집 우체통에 상황이 좋지 않다고, 조직에
토니가 꼭 필요하다고 몇 번이나 편지를 넣어 두었다. 하지만
지금 리프의 집을 찾아온 사람은 애니바디스였다. 현관문을
가로막은 디젤의 한쪽 팔 밑을 지나 주방으로 들어온
애니바디스가 리프에게 따지듯 물었다.

"여기서 모임 하는 거 왜 나한테 말 안 했어?"

액션이 나섰다.

"젠장. 너 아직도 우리 주변에서 얼쩡대냐?"

액션은 벽에 비스듬히 기대어 앉아 있던 의자에서 일어나
지겹고 소름끼친다는 듯 한숨을 쉬며 리프에게 물었다.

"쟤를 창밖으로 집어 던져도 될까?"

"누가 누굴 던진다고?"

애니바디스는 보란 듯이 깨진 맥주잔을 앞으로 내밀며
액션을 위협했다. 손잡이 부분만 남아 있는 맥주잔은 깨진
부분이 뾰족하고 날카로웠다.

"내가 제트파 조직원이 될 자격이 있다는 걸 증명하려면
누굴 조지면 돼? 리프, 말만 해. 어떻게 하면 나를 정식

조직원으로 받아 줄 거야?"

에이랩은 코를 잡고 웃음을 터뜨리며 애니바디스에게
손가락질을 했다.

"그냥 다 때려치우고 말지… 누가 널 받아 주기나 한대?"

애니바디스가 에이랩에게 달려들었다.

"이 더러운 쥐새끼 같은 게. 살을 발라버리겠어!"

리프는 재빨리 애니바디스에게 다가가 맥주잔을 쥔 손을
틀어잡았다. 그러고는 깨진 잔을 빼앗아 싱크대 앞 쓰레기통에
휙 던지며 말했다.

"나가세요, 아가씨. 이제 그만 좀 하고 나가요."

리프는 타이거가 열어놓은 현관문으로 애니바디스를
떠밀어 내보냈다. 문을 잠그고 체인까지 건 뒤 조직원들을
돌아보며 물었다.

"다들 멀쩡하지?"

"다들 멀쩡해."

액션의 선창에 다들 합창하듯 따라 했다.

"좋아."

식탁 앞으로 돌아온 리프는 그들 중에 겁먹은 놈이
하나도 없다는 사실에 뿌듯해하며 조직원들을 돌아보았다.

"내 생각을 말할게. 우린 이 구역을 지키기 위해
앞으로 수십 번은 더 싸워야 해. 기름 바른

대가리들(푸에르토리코인들을 비하하는 표현 - 옮긴이)이
우리 구역을 빼앗아가도록 두고 볼 수는 없어. 놈들은
우릴 기습하고 도망치기만 하는데, 난 그런 식으로는
싸우지 않아."

"전면전을 벌이자는 거야?"

자리에서 벌떡 일어난 액션은 마치 앞에 적이 있기라도 한
것처럼 세차게 주먹을 날리며 덧붙였다.

"그래. 난 바로 이런 걸 기다려왔어."

"해보자고. 그런데 그 멍청이들이 주먹 외에 다른
걸 쓰려고 할 수도 있어. 유리병이나 칼, 총으로 우릴
위협할지도 몰라."

베이비 존이 눈을 휘둥그렇게 뜨면서 물었다.

"총이라고? 설마. 진짜 총으로 쏜다고? 그럼 우리도 총을
마련해야 할 텐데 어디서 구하지?"

"그럴 수도 있다는 얘기야. 놈들이 그럴 생각이라면
우리가 순순히 이 구역을 내줘야 하겠니? 난 결판낼
준비가 돼 있어. 너희도 준비가 돼 있는지 묻는 거야."

디젤과 액션이 벌떡 일어나더니 놈들과 맞붙을 준비가 돼
있다고 소리쳤다. 마우스피스와 지타는 서로의 얼굴을 칼로
저미는 시늉을 했다. 빅딜은 스노우보이의 심장에 칼을 꽂는
동작을 해보였고 스노우보이는 에이랩을 향해 검지를 총처럼

겨눴다. 다들 장난스럽게 행동했지만 싸움에 나설 준비는
충분히 돼 있었다. 액션이 오랜만이긴 하지만 칼 휘두르는
솜씨는 여전하다고 큰소리치자 베이비 존이 입술을 바들바들
떨기 시작했다. 귀를 손으로 잡고 떠는 모양새를 보니 피가
바짝바짝 마르는 모양이다. 베이비 존이 말했다.

"그냥 주먹으로 싸우자. 필요하면 돌멩이 정도는
써도 되지만, 칼이나 총은 안 돼. 우리가 기름 바른
대가리들처럼 싸울 필요는 없잖아."

베이비 존은 겁먹은 티가 날까 봐 걱정하면서도 꿋꿋이
하던 말을 계속했다.

"우리가 정정당당하게 싸우면서 놈들한테 지저분하게
덤비지 말라고 하면 놈들도 우리 뜻에 따를 수밖에 없을
거야. 지저분하게 덤볐다간 비겁한 겁쟁이란 소리를 들을
테니까. 안 그래?"

디젤이 오른 손바닥으로 베이비 존의 얼굴을 쳐서 옆으로
밀치며 물었다.

"어쩔 거야, 리프?"

"이 거리는 우리한테 전부나 다름없어. 이곳을 잘
모르는 사람들은 대단해 보이지 않아서 누가 이딴 곳을
원하겠냐 싶겠지만 푸에르토리코 놈들의 생각은 달라.
이 거리는 아무도, 세상 그 누구도 못 빼앗아 가."

마우스피스가 맞장구쳤다.

"우리도 같은 생각이야."

제트파 조직원들의 지지를 확인한 리프는 호기롭게 오른 주먹으로 왼 손바닥을 탁 치며 말했다.

"지금까지 해온 것처럼 우리 구역을 잘 지켜 내자!"

그는 한 번 더 오른 주먹으로 왼 손바닥을 쳤다. 조직원 몇몇이 그 동작을 따라 하자 리프는 흡족해하며 말을 이었다.

"놈들이 잭나이프를 들고 나오면 나도 칼을 쓸 거야. 면상에 칼로 우리 이름을 새겨줘야만 놈들이 말을 알아 처먹는다면, 그렇게 해줘야지."

그러자 빅딜이 두 손으로 칼을 휘두르는 동작을 하며 바보처럼 갤갤 웃었다. 타이거가 스노우보이의 배를 칼로 찌르는 시늉을 하자 스노우보이는 배를 움켜쥐고 무릎을 꿇으며 털썩 주저앉았다. 액션은 손가락을 세게 튕겨 총을 쏘는 듯한 소리를 빠르게 냈다. 리프는 기분이 좋았다. 조직원들이 그를 지지해주고 있었다. 리프는 오른팔을 휘휘 돌리며 프로펠러 돌아가는 흉내를 냈다. 베이비 존은 주방을 몇 바퀴씩 돌면서 입으로 총소리를 냈다.

리프는 손짓으로 조직원들을 진정시키며 말했다.

"좋아. 하지만 우리가 적과의 싸움에서 부당하게 우위를 점하는 건 옳지 않다고 생각해. 다른 방법은 떠오르지

않으니까 이렇게 하는 게 어때? 샤크파한테 가서 작전

팀을 꾸리라고, 우리 쪽 작전 팀과 만나서 싸움에서

사용할 무기를 결정하자고 전하는 거야. 우리 쪽에서는

내가 베르나르도를 만나서 말할게."

그것은 제트파 대장으로서 리프가 책임져야 할 중요한 일

중 하나였다. 어쩌면 가장 필요한 일일 수도 있었다. 이 의견에

반대하는 사람은 아무도 없었다.

스노우보이가 제안했다.

"그래도 넘버 투는 데려 가야지."

액션이 지타와 마우스피스를 제치고 나섰다.

"나랑 같이 가, 리프."

리프는 단박에 거절했다.

"나는 토니랑 갈 거야."

액션이 잠자코 있었다면 리프는 액션을 데리고 갈

생각이었다. 하지만 액션이 대장처럼 나대니 버릇을 고쳐 줄

필요가 있었다.

"지금 토니를 만나러 갔다 올게."

액션이 리프를 가로막았다.

"잠깐만. 토니 얘기가 왜 또 나와? 난 아부나 떠는 놈은

아니니까 하고 싶은 말은 할게. 토니는 우리를 버리고

떠난 놈이야. 그러니까 다시 데려올 생각은 하지 마."

리프는 대장답게 한 번 더 꾹 참았다.

"샤크파랑 싸우려면 인력을 총동원해야 해."

액션은 고개를 저으며 따지고 들었다.

"내 말 못 들었어, 리프? 아니면 토니가 우리한테 작별을 고했을 때 목소리가 너무 작아서 못 들었던 거야?"

"그만해, 액션. 제트파를 만든 게 토니와 나라는 사실을 잊은 건 아니겠지."

반박할 수 없는 사실이었다. 게다가 액션은 자기 뜻에 동조하는 조직원들이 별로 없다는 것도 알고 있었다. 조직원들 중 몇몇은 토니에 대해 액션과 같은 생각을 갖고 있기는 했다. 덩치 큰 토니는 자기 엄마 때문이라는 같잖은 핑계를 대며 조직을 버렸다. 하지만 지금 제트파의 대장은 리프이고, 토니가 제트파의 창단 멤버인 것도 사실이었다.

액션은 계속 따지고 들었다.

"토니는 우리랑은 수준이 안 맞아서 같이 못 놀겠다는 듯이 굴잖아. 토니가 계속 그런 식이라면, 내 목숨이 걸린 일이라도 도와 달라는 말 안 해."

"지금은 개인감정보다 제트파를 지키는 게 더 중요해. 토니도 잘 알고 있을 거야."

이 정도 분위기면 남들 눈에 아부 떠는 것처럼 보이지 않으리라는 판단이 선 베이비 존이 한마디 했다.

"대장 말이 맞아. 토니도 우리와 같은 생각일 거야.

토니도 제트파의 일원이라는 걸 자랑스러워할걸."

액션이 베이비 존에게 날카롭게 쏘아 붙였다.

"토니가 우리랑 안 어울린 지가 벌써 서너 달은 넘었어."

스노우보이가 물었다.

"우리가 에메랄드파를 박살 낸 날 토니도 있지 않았어?"

에이랩이 고개를 끄덕였다.

"맞아. 폴란드 퓨마, 토니가 없었다면 우린 그날 이길 수

없었을 거야."

베이비 존도 목 뒷덜미를 손으로 문지르며 거들었다.

"토니가 그때 날 구해줬어."

리프는 회의를 끝내기 위해 입을 열었다.

"그럼 결정된 거다. 토니랑 같이 베르나르도를 만날게.

분명히 말하는데 토니는 우리를 버린 적이 없어."

리프는 액션에게 확실하게 못을 박았다.

"이 구역에 대해서도 토니는 우리와 마찬가지 감정이야.

내가 보장할게. 액션, 혹시 더 물어볼 거 있어?"

"그래서 언제 갈 거야? 이러다 푸에르토리코 놈들이 다

편히 늙어 죽겠는걸."

"그렇게 되면 진짜 문제겠네."

에이랩이 목청을 높이자 모두의 시선이 그에게 쏠렸다.

"베르나르도는 어디 가서 찾을 거야?"

에이랩은 이렇게 묻고는 까치발로 서서 손을 이마에 대고 샤크파 대장을 찾는 시늉을 했다.

"어, 방금 소식이 들어왔어. 놈은 코빼기도 안 보여."

그러고는 킁킁대며 덧붙였다.

"냄새도 안 나는데?"

리프는 간단한 춤 스텝을 밟으며 노래하듯 대답했다.

"오늘 밤에 문화센터에서 댄스파티가 있잖아. 그렇지?"

그러자 제트파 조직원들이 합창으로 받았다.

"그렇지. 그럼 우리가 거기 가서…"

리프가 그 말을 받아 이었다.

"…샤크파 놈들과 만나는 거야. 베르나르도는 자기가
춤을 잘 춘다고 생각하니까 댄스파티에 꼭 올 거야.
우리도 그곳에 가서…"

빅딜이 생각에 잠긴 듯 한쪽 눈을 감고 그 말을 이어갔다.

"온 힘을 다해야겠네. 그런데 문화센터는 중립 지역이라
슈랭크나 크럽키 같은 경찰들이 잔뜩 나와 있을걸.
그래서 대장이 계획을 바꿀지는 모르겠지만"

"당분간 계획대로 진행하자. 베르나르도가 문화센터에
와 있으면 그 자식한테 정식으로 붙자고 말할 거야. 일단
우리가 춤추러 문화센터에 가는 것처럼 보여야 하니까

다들 옷 좀 갖춰 입고 와. 지퍼도 바짝 올리고."

마우스피스가 면도하는 시늉을 하며 물었다.

"몇 시에 가면 돼?"

"저녁 여덟 시 반에서 열 시 사이."

잠시 생각을 하던 리프는 마우스피스의 질문에 대답한 후 동의하느냐는 뜻으로 액션을 바라보았다. 액션이 고개를 끄덕이자 리프는 덧붙여 말했다.

"다 같이 몰려가지는 말자. 싸우러 가는 게 아니라 춤추러 가는 것처럼 보여야 하니까."

베이비 존이 기어들어 가는 목소리로 물었다.

"그럼 데이트 상대도 데려가야 하나?"

액션이 대신 대답했다.

"그래. 넌 애니바디스 데리고 가면 되겠다."

공동주택 골목을 날듯이 달려 뒷문으로 빠져나간 리프는 울타리 너머 길 한가운데로 성큼성큼 걸어갔다. 어쩐지 키가 확 커진 기분이었다. 패거리 없이 혼자 걷고 있을 때는 길 한가운데로 걸어가는 게 최선이었다. 골목에서 달려 나온 샤크파 놈들한테 일 대 삼으로 두들겨 맞고 길바닥에 쓰러지느니, 차에 치일 위험을 감수하는 편이 더 나았다.

무엇보다 문화센터에서 앞장서서 멋지게 춤추는 모습을 보여줘야 했다. 리프 로턴이 토니 와이젝 못지않게 폼이 난다는 것, 토니가 빠져도 제트파는 무너지지 않았다는 것을 다른 갱들한테 확실하게 보여 줄 필요가 있었다. 손가락을 딱딱 소리 나게 튕기면서 빠른 걸음으로 걷고 있자니 주변의 건물보다, 세상 무엇보다 키가 쭉쭉 커지는 기분이었다. 이대로 주먹을 뻗어 올리면 구름을 잡아 내려 신발이라도 닦을 수 있을 것 같았다.

어서 댄스파티에 참석해 베르나르도에게 도전장을 던져야 하는데, 시간은 더디게만 흘러갔다. 푸에르토리코 놈이 겁먹고 내빼서 제트파가 싸움 한 번 하지 않고 구역을 되찾게 된다면 어떻게 하지. 그런 일은 없길 바랐다. 만약 베르나르도의 계획이 그런 것이라면, 베르나르도의 집에 악취탄을 던져 넣는 수밖에 없다. 악취탄이 뭐가 어때서? 적에게 도전장을 던지는 방법 중 하나로 토니가 전에 생각해낸 방법이었다. 웨스트 사이드를 비롯해 이 도시의 모든 갱들은 악취탄 투척이야말로 적들의 분수를 일깨워주는 가장 멋진 방법이라는 걸 인정할 것이다. 적들을 제대로 열받게 만들려면 그 방법을 쓸 수밖에!

돌아가서 제트파 조직원들에게 어떻게 생각하는지 묻고 싶었지만, 다 같이 한번 웃자고 조직원들을 불러 모을 필요는 없었다. 이미 세워놓은 계획만으로도 충분히 위협적이었다. 리프는 전투적으로 거센 공격을 가해 그 자리에서 싸움을 끝낼 생각이었다. 지지부진하게 싸우다가 공동주택의 어두컴컴한 계단으로 후퇴한다면 샤크파뿐만 아니라 집안 식구들과도 부딪칠 수 있다.

깔끔하게 하려면 문화센터에서 도전장을 내미는 게 좋다. 베르나르도가 겁먹고 물러서면 다른 방법을 쓰면 된다. 헛소리 그만하라고? 리프는 조직원들을 생각하며 눈을 살벌하게 빛냈다. 다들 제트파의 위용을 알기에 그들이 지나가면 한쪽으로 길을 비켜주었다. 주제를 아는 사람이라면 당연히 그래야 한다.

얼마 지나지 않아 이 거리는 다시 제트파의 구역이 될 것이다. 이 거리에 속한 모든 블록과 그 블록 부근의 다른 블록들도 전부 제트파의 구역이 되어야 한다. 리프는 오른팔을 앞으로 뻗으며 달리기 시작했다. 이 모든 곳이 제트파의 구역이 될 것이다. 토니는 아직 모르고 있지만, 그는 리프를 도와 제트파의 구역 확대에 일조할 인물루 선택받았다. 이 얼마나 대단한 영광인가!

닥의 드러그스토어를 한 블록 앞두고 리프는 걸음을 멈췄다. 잠깐 숨을 돌리면서 담배에 불을 붙였다. 천천히 담배 연기를 내뿜는 동안 심장 박동은 다시 평소대로 돌아갔다. 그는 상점 진열장에 비친 자신의 모습을 바라보았다. 흥분하거나 걱정스런 표정이 아니라 다행이었다. 토니에게 걱정 있는 모습을 내비치면 안 된다. 리프는 활기차게 휘파람을 불기 시작했다.

2분 전까지만 해도 리프는 술에 취한 것처럼 신이 났었다. 그런데 생각해보니 베르나르도가 문화센터에 있다면 상황이 어떻게 흘러갈지 뻔했다. 베르나르도는 도전을 받아들일 것이고, 칼은 물론 총까지 동원할 게 분명했다. 일주일쯤 전에 리프는 할렘 지역에서 활동하는 흑인 갱단 '머슬러스'의 조직원 두 명을 우연히 만났었다. 그중 한 명이 이마부터 턱까지 칼자국이 나 있었는데, 샤크파 놈이 한 짓이라고 했다.

이번 싸움에는 그야말로 죽기 살기로 임해야 한다. 액션이나 디젤 같은 녀석들은 이 싸움에 대한 각오가 그 정도는 아닐 테지만, 토니라면 현명하게 잘 판단할 것이다.

신중하게 생각한 자신이 기특해진 리프는 진열장 유리 앞에서 입꼬리를 내리며 근엄하게 고개를 끄덕였다. 그리고 모든 일이 다 잘 풀릴 거라고 속으로 되뇌었다. 그는 담배를 어깨 너머로 휙 던지고는 느긋하게 휘파람을 불며 닥의 가게로 들어갔다. 그리고 의심스런 눈초리로 노려보는 닥을 향해 두 손을 들어 보였다. 여기 쓸데없는 소리나 지껄이러 온 게 아니라 진지하게 볼일을 보러 왔다는 의미였다.

"토니는 퇴근했어요?"

리프는 이렇게 물으며 시계를 쳐다봤다. 오후 다섯 시 반.
젠장. 토니의 집까지 찾아가고 싶지는 않은데.

"가게 뒤쪽에 있어."

닥은 중간 키보다 좀 더 작고 체구는 비쩍 마른 남자였다.
그의 콧등에 걸쳐진 두꺼운 안경이 끊임없이 흘러내렸다.
흰 가운은 겨드랑이에서 배어나온 땀으로 얼룩져 있었고,
발에는 오목한 부분을 받쳐주지 못해 통증을 유발하는
헐렁한 슬리퍼를 신고 있었다. 깊은 숨을 쉬며 처방약에 넣을
알약을 신중히 헤아리던 닥이 물었다.

"토니는 왜 찾는데?"

"그건 제가 알아서 할 일이니까 아저씨는 하던 일이나
계속하세요."

리프는 카운터의 상품 진열대에서 빗 하나를 집어 드는
척하며 말을 이었다.

"아무것도 안 훔쳐요, 닥. 아저씨 가게 직원인 제 친구를
만나러 온 거라고요. 걔한테 급료는 얼마나 줘요?"

"그건 토니랑 내가 알아서 할 일이니까 넌 네 일이나 해.
네가 급료에 정말 진지하게 관심이 있어서 묻는 거라면,
토니처럼 일자리를 알아봐줄 수도 있어. 일을 해보면

급료를 얼마나 받는지 알게 될 거다."

"젠장."

리프는 구시렁대며 뒷문 쪽으로 걸어갔다.

가게 뒤쪽에는 주변 건물 세 채의 벽으로 둘러싸인 조그마한 빈터가 있었다. 돌로 포장된 그 빈터의 한쪽 구석에는 나무 상자들이 켜켜이 쌓여 있었고, 상자마다 다양한 청량음료와 대형 증류수 빈 병들이 담겨 있었다. 또 다른 벽에는 판지로 된 제품 광고판과 먼지가 잔뜩 내려앉은 잡다한 물건들이 쌓여 있었다. 보아하니 토니가 가게 지하실에서 꺼내온 물건들인 듯했다.

토니가 설명했다.

"지난주에 지하실에 넣어뒀던 물건들이야. 닥이 지하실에 보관해두라고 했거든. 그런데 닥이 지하실에 내려갔다가 뭔가에 발이 걸려 넘어지는 바람에 목이 부러질 뻔했어. 그래서 이 잡동사니들을 싹 다 꺼내놓으라고 하더라고. 그런데 그거 알아?"

리프는 장단을 맞추느라 되물었다.

"뭘?"

"아마 얼마 안 가서 전부 다시 지하실에 옮겨 놓으라고 할걸."

"그다지 중요한 일을 하는 것 같지는 않네."

토니는 깊은 한숨을 쉬었다.

"뭐, 그렇지."

토니는 순순히, 아무렇지 않게 인정하는 자신의 모습에 놀랐다. 맙소사. 그는 리프보다 나이가 많지도 않은데, 마치 큰형이라도 되는 것처럼 왜 이런 기분을 느껴야 하는지 알 수 없었다.

"야간 학교에 다시 다닐까 생각 중이야. 네 생각은 어때?" 토니가 물었다.

"너 병원 가서 검사 좀 받아봐야겠다."

리프는 이렇게 대답하고는 시비 걸려고 한 말이 아니라는 뜻으로 재빨리 한 손을 들어 보였다. 토니의 눈빛이 어두워졌다.

"토니, 있잖아. 오늘은 정말 중요한 일 때문에 널 찾아왔어. 이따가 밤에 문화센터에 가서 베르나르도를 만날 생각이야."

"내가 듣기로 베르나르도가 널 찾아다닌다던데."

낮 동안의 숨 막힐 듯한 열기가 마당에 무겁게 가라앉아 있어 토니는 손으로 얼굴의 땀을 문질러 닦으며 물었다.

"시원한 거 마실래?"

리프는 고개를 저었다.

"난 시원하게 일처리를 하러 왔어. 베르나르도에게

도전장을 던질 때 내 옆에 있어 줄 사람이 필요해. 여기가 우리 구역이라는 걸 마지막으로 한 번 더 확실하게 알려 줄 생각이야."

토니는 고개를 저었다.

"나를 조직에 다시 끌어들이고 싶어서 온 모양인데, 난 좀 빼줘."

"웃기지 말고, 네 생각이 어떤지 좀 물어보자."

리프는 한 손을 들어 토니의 말을 막고 하던 얘기를 계속했다.

"넌 계속 우리와 같이 하지 않는다고 하는데 무슨 이유 때문인지 솔직히 말해줘. 대체 이유가 뭐야?"

"너무 바보 같은 짓을 벌이는 것 같아서. 내 눈에는 그렇게 보여서 그래. 리프, 잘 들어…."

"그래 잘 듣긴 하겠는데, 받아들이긴 힘들어. 다른 사람도 아니고 내가 너한테 묻잖아, 토니."

리프는 친구의 가슴과 자신의 가슴을 번갈아 손으로 치며 말을 이었다.

"나야 나, 리프라고. 그러니까 제발, 어설픈 변명은 집어치워! 이건 정말 중요한 일이야!"

토니는 비꼬는 투로 말을 받았다.

"퍽이나 중요하겠다. 대가리가 터지고 싶어 환장한 거지.

일이 네 뜻대로 되지 않을 수도 있다는 걸 알아둬."

당혹스럽기도 하고 친구가 걱정이 되기도 한 리프는
뒤로 한 걸음 물러나 토니를 좀 더 진지하게 살펴보았다. 2년
전까지만 해도 두 사람의 우정은 죽을 때까지 갈 것 같았다.
그러나 지금은 토니가 너무 멀게 느껴졌다.

리프가 물었다.

"너 왜 그래? 우리가 서로 알고 지낸 세월이 얼만데. 난
너를 잘 안다고 생각했어."

리프는 천천히 고개를 저으며 덧붙였다.

"난 나 자신만큼이나 너를 잘 아는 줄 알았어. 그런데
지금 보니까 많이 변한 것 같다. 진짜 실망이야."

토니는 웃으며 리프의 오른쪽 어깨를 가볍게 툭 쳤다.

"실망은 무슨. 그만 괴로워해. 꼬마처럼 왜 그래?"

"누구더러 꼬마래!"

"그럼 어른이 되든가. 리프, 난 하던 일 마저 끝내야 해."

토니는 활짝 열어놓은 지하실 문을 가리키며 말했다.

"나중에 수영하러 해변에나 같이 가든가. 난 해변에 가본
적이 없거든…. 어때, 리프?"

토니는 신이 난 목소리였다.

"같이… 로커웨이 해변에 가자! 밤에 바다에 들어가서
수영을 하는 거야. 어때?"

"됐어."

"그래. 넌 제트파 애들이랑 노는 게 더 좋구나. 알았어, 꼬마야."

토니는 '꼬마'라는 말에 힘을 주며 말을 이었다.

"철부지들한테 안부나 전해줘."

"제트파는 세상에서 제일 위대해!"

리프는 목청을 높이며 옆에 있는 나무 상자를 걷어찼다.

"제일 위대하다고!"

리프는 더 크게 악을 썼다. 누구든 이 사실에 반박하고 싶으면 해보라는 듯 주변의 건물들을 올려다보며 외쳤다.

토니는 낮은 목소리로 대꾸했다.

"전에는 그랬지."

"지금도 그래. 넌 더 좋은 걸 찾았나 봐?"

"아직 아니야."

"그럼 대체 뭘 찾고 있는 건데?"

토니는 잠시 생각에 잠겼다가 입을 열었다.

"말해줘도 이해 못할걸."

리프는 자신의 가슴팍을 손으로 탁탁 치며 재촉했다.

"말이나 해봐. 나 꽤 똑똑하거든. 어디 말해보라니까."

어느 날 밤 홀로 전철을 타고 가다가 문득 든 생각이었다. 제트파 대장 노릇을 해도 지워지지 않는 열등감 때문에 토니는 늘 마음 한구석이 괴로웠다. 그는 자신이 무지하다는 사실을 받아들였다. 솔직히 아는 게 없었다. 잘난 사람들이 떠들어대는 얘기를 들어봐도 마찬가지였다. 그는 쿨했지만 그건 대단한 장점이 아니었다. 그렇다고 달라지는 게 있나? 별거 없었다. 그는 그저 아무것도 모르는 청년이었다. 지금처럼 살았다가는 평생 무지로부터 벗어날 수 없었다. 토니는 지금보다 나은 삶을 살고 싶었다.

그날 그는 전철을 타고 브루클린에서 브롱크스로, 퀸스로, 맨해튼으로 몇 시간 동안 이동한 끝에 콜럼버스 대로를 지나 동네로 돌아왔다. 그리고 그간 집에서 요리한 모든 음식과 그곳에서 사람들이 마신 온갖 술, 여름에 흘린 땀방울과 분노와 절망에 찬 이들의 짜디짠 눈물 냄새가 찌들어 있는 시커먼 계단을 올라갔다. 그리고 동이 틀 때까지 지붕에 앉아 있었다.

그날 저녁 그는 제트파 활동을 접으면서 제트파 대장 자리도 내놨다. 다음 날 아침에는 일자리를 찾아다녔는데, 닥이 자신의 가게에서 일해보지 않겠냐고 제안했다. 토니가 제트파 활동을 하면서 가게를 털게 놔두는 것보다 그를 직원으로 고용하는 게 싸게 먹힌다는 계산이 섰기 때문인지는 알 수 없었다. 어쨌든 토니는 4개월째 닥의 드럭스토어에서 일하고 있다. 제트파는 실망한 듯했지만 어머니는 좋아하셨다.

그래야 할 때이기도 했다. 부끄럽지만 토니는 뒤늦게야
어머니를 행복하게 해드렸다는 생각을 했다.

너무 뻔하게 느껴졌기 때문일까? 토니는 제트파에게
그런 얘기를 할 수가 없었다. 그는 감정적 혼란에서 벗어나기
위해 리프와 아이스, 액션에게 제트파를 넘기고 그들과
거리를 뒀지만, 지금껏 어느 누구에게도 이런 얘기를 털어놓지
않았다.

"그러면 너한테만 얘기할게."

토니의 말에 리프는 용기를 내서 물었다.

"우리가 아직 친구라는 뜻이지?"

"당연하지."

토니는 미소를 지으며 진지하게 덧붙였다.

"그동안 복잡한 꿈을 꿔왔어. 대부분 어딘가에 서서
무언가를 향해 손을 뻗는 꿈이야."

"잡으려는 게 뭔데?"

리프는 적당히 관심 있는 척 박자를 맞춰주었다.

"정확히 꼬집어 말하긴 어려워. 처음에는 어디론가
떠나고 싶은 마음이라고 생각했어. 1킬로미터나
100킬로미터 정도가 아니라 수천 킬로미터 떨어진
곳으로. 지도에서나 볼 수 있는 곳으로 말이야."

"해군에 입대하지 그래."

리프는 콧방귀를 뀌며 말을 이었다.

"인생 꼬이고 싶으면 뭔 짓을 못해. 항구마다 내려서 문신이나 새기든가. 다 쓸데없는 짓이야. 그냥 여기서 살면서 수천 킬로미터 떨어진 곳에 와 있다고 생각하면 되지. 중국인을 보고 싶으면 차이나타운에 가면 되고. 아프리카인을 보고 싶으면 여기서 지하철로 두세 정거장만 가면 볼 수 있어. 이탈리아인을 보고 싶으면 멀베리 거리로 가면 되겠지? 푸에르토리코인을 보고 싶으면 그냥 푸에르토리코로 꺼져. 이 근처에 있는 푸에르토리코 놈들은 꼴도 보기 싫거든."

토니는 편협한 논리 따윈 집어치우라는 듯 손을 휘저었다.

"내가 원하는 걸 찾기 위해 수천 킬로미터 떨어진 곳까지 갈 필요는 없을지도 몰라. 바로 모퉁이 너머, 문 밖에 있을 수도 있겠지."

토니는 그들을 내려다보는 건물의 시커먼 창문들 중 하나를 가리켰다.

"바로 저기일 수도 있고."

리프는 고개를 젖혀 건물을 올려다보며 물었다.

"저기 뭐가 있는데?"

토니는 꿈을 꿀 때면 늘 그렇듯 말문이 막혔다.

"모르겠어."

토니는 애써 생각을 정리했다.

"어떤 쾌감 같은 거야. 어쩌면 그 이상일 수도 있는데,
달리 뭐라고 표현해야 할지 모르겠어."

리프는 질겁하며 물었다.

"너 마약 하냐? 내 말 똑바로 들어. 혹시라도 네가…"

"그런 거 아니야. 난 예전에… 제트파로 활동하면서
느꼈던 쾌감을 줄 만한 다른 무언가를 찾고 있어!"

리프는 잠시 생각에 잠겼다가 대꾸했다.

"난 우리가 절친이었다는 사실에 쾌감을 느끼는데."

"우리 절친 맞아."

토니는 리프의 손을 잡고 세차게 흔들었다. 잠시 팔씨름을
하듯 힘겨루기를 하던 토니가 재빨리 손을 빼자 리프는 선
자리에서 잠깐 휘청했다.

"맛이 어때?"

토니의 말에 리프가 차분하게 응수했다.

"너한테는 골탕 먹어도 기분이 좋아. 쾌감이라는 건
사람들이랑 어울려야 얻을 수 있어, 토니."

"그러게. 널 보니까 기운이 난다. 만약 네가 에이랩이나
디젤 같은 녀석들까지 데리고 여길 찾아 왔다면…"

그는 고개를 저으며 덧붙였다.

"모르겠다. 지금 다시 제트파에 들어갈 걸 생각하니까…"

토니는 다시 고개를 저었다.

"전혀 즐겁지가 않아. 미안하다, 리프."

짜증이 난 리프는 또 다른 상자의 측면을 발로 걷어차며
말했다.

"네가 중요한 사실을 잊고 있나 본데, 쾌감을 느끼든 못
느끼든, 소속된 갱단이 없으면 넌 고아나 마찬가지야.
이 동네에선 부모님보다 더 필요한 게 갱단이라고. 네
부모님을 깎아 내리려고 하는 말은 아니야."

리프는 말끝에 서두르며 덧붙였다.

"네 어머니가 나를 막 대하긴 하시지만. 어쨌든 토니,
사실을 받아들여. 갱단에 소속되어 있지 않으면 넌
아무것도 아니야. 제트파에 속해 있어야 어디서든
남들보다 대접받을 수 있는 거라고."

토니는 리프의 호소에 담긴 진실을 부정할 수도, 함께
등을 맞대고 살아온 세월을 지울 수도 없었다. 리프와
함께했던 시절의 장면들이 명확하고 또렷하게 기억 맨 앞줄에
자리를 차지하고 있어서 양심의 가책을 느꼈지만, 뜻을 굽히고
싶지는 않았다.

"리프, 난 제트파 활동은 충분히 했어."

토니는 단호하게 말하고 싶었지만 목이 막힌 것처럼
소리가 약하게 나왔다.

"지금 상황이 좋지 않아, 토니."

친구의 대답 속에서 빈틈을 포착한 리프는 바로 파고들었다. 당장 고무적인 반응이 나온 건 아니지만, 설득이 어느 정도 먹히는 것 같았다.

"샤크파가 우릴 심하게 자극하고 있어. 지금 놈들을 막지 못하면 우리 모두 이 거리에서 쫓겨나고 말 거야."

리프는 지금이 얼마나 절박한 상황인지 토니가 깨우치도록 잠시 뜸을 들였다. 그래도 통하지 않자 제발 도와 달라며 애원했다.

"어지간해서는 이런 부탁 잘 안 하는데 진짜 부탁 좀 하자. 좀 도와줘, 토니. 나 진지해. 오늘 밤에 문화센터에서 보자. 거기서 댄스파티가 열릴 거야."

토니는 고개를 옆으로 돌렸다.

"난 못 가."

"조직원들한테 너도 올 거라고 이미 말해뒀어."

미리 묻지도 않고 멋대로 정해버린 것에 화가 난 토니는 아무리 친구라도 한 대 치고 싶었다. 하지만 리프가 그런 짓을 한 이유는 이해가 됐다. 리프는 토니를 여전히 그의 친구로, 제일 친한 친구로 여기고 있는 것이다. 토니는 리프와 생각이 달라졌지만 그렇다고 리프를 버릴 수는 없었다. 리프뿐만 아니라 제트파 조직원들과 이 동네에 대해서도 마찬가지였다.

토니도 베르나르도와 샤크파가 거슬리기는 했다. 애초에 푸에르토리코인들에게 여기 와서 살아도 된다고 허락한 사람은 아무도 없었다. 그러니 싸움이 났을 때 누구 책임인지는 굳이 따져 물을 필요도 없다. 이미 싸움에 불이 붙었다는 게 중요했다. 리프는 제트파가 아니라 친구로서 토니에게 도움을 청하러 온 것이었다.

제트파를 떠나던 날 밤 토니는 리프가 대장이 되면 좋겠다고 조직원들에게 뜻을 밝혔다. 리프를 대장 자리에 앉힌 사람이 바로 토니였다. 아무리 제트파를 떠났어도 리프를 모두의 대장으로 추대한 이상, 토니도 책임이 전혀 없다고는 할 수 없었다.

토니는 싱긋 웃으며 말했다.

"네 말을 다 믿을 수는 없지만, 네가 워낙 끈덕져야 말이지."

"열 시에 올 거지?"

"그래, 열 시. 그런데 말이야. 이 결정을 후회하게 될 거라는 예감이 들어."

리프는 허공에 대고 잽을 날리는 시늉을 하며 대꾸했다.

"혹시 알아? 댄스파티에서 신나게 엉덩이를 흔들고 싶을지도 모르잖아! 마지막으로 춤춰본 게 언젠지 기억도 안 나네. 아무튼 이따 보자!"

커다란 구름 한 덩어리가 머리 위로 흘러가며 태양을 가렸다. 토니는 좁고 후텁지근한 마당에 갇힌 기분이었다. 그를 내려다보는 건물 벽과 불 꺼진 창문들만큼이나 음울한 기분이었다. 좀 더 단호하게 리프의 말을 거절하지 못한 게 후회됐다. 똥멍청이라도 알아들을 수 있을 만큼 분명하게 의사를 밝혔어야 했는데.

계획했던 대로 해변에나 갈걸. 해변에 앉아 짭짤한 소금 맛을 느끼며, 손가락으로 모래를 파고 눈으로는 별을 올려다보면 뭔가 좋은 일이 일어나지 않았을까. 그가 추구해온 무언가가 마법처럼 하늘에서 뚝 떨어졌을지도 모른다.

그다음에는? 또 다른 해변으로 가볼까? 폭포는? 대형을 이루며 날아가는 수천 마리 새들을 구경할까? 하늘을 가로지르는 제트기의 비행운을 올려다볼까? 달에 걸린 공중그네를 타봐? 여자를 만나는 건 어때? 안 될 거 없잖아?

뜨거운 한낮의 해가 지쳐 저물면서 땅거미가 지자 하늘에 떠가는 구름들이 어둑한 푸른색으로 물들었다. 가게에서 닥이 부르는 소리가 들렸다. 퇴근 시간을 알리는 소리였다. 일이 덜 끝났으면 다음 날 아침에 마저 하라고 했다. 지하실 문을 잠그고 가게로 들어가 시원한 음료수를 마시고 퇴근할 시간이었다.

"오늘 저녁은 어제보다 더운데? 내일은 더 덥겠어."

문간에 서서 오래된 의약품 정보 잡지로 부채질을 하던 닥이 말했다.

"그러게요."

"아홉 시쯤 문 닫고 에어컨 빵빵하게 나오는 영화관에 갈 생각인데, 같이 갈래? 샌드위치랑 맥주도 살게. 혹시 데리고 갈 여자가 있으면 영화표 사줄 테니까…."

"그러고 싶은데 선약이 있어요."

"리프랑 더블데이트냐?"

"그건 아니고요. 문화센터에서 만나기로 했어요. 거기서 춤을 출 거예요."

"그런 거면 거절당해도 할 말 없지."

닥은 어깨를 으쓱하며 물었다.

"밤에도 더울 것 같은데 춤은 어떻게 추려고? 어쨌든 혼자 있지는 않는다는 거구나. 내일 아침에 출근할 거지?"

"그래야죠."

토니는 무릎을 굽히고 지하실 문의 자물쇠를 잠그며 말을 이었다.

"쉬엄쉬엄 정리하세요, 닥. 아홉 시쯤 가게 앞을 지나면서 셔터 내리는 거 도와드릴게요."

"고맙다. 어떤 나라에서는 가게 진열장 앞에 강철 셔터를 내리기도 한다더라."

"푸에르토리코에서는 그렇다더라고요."

"네 친구 리프랑 다른 녀석들과는 상관없는 일이겠지. 그래, 토니. 셔터는 내가 알아서 할 테니까 신경 쓰지 말고 내일 출근해서 보자. 오늘 밤에 몸조심하고."

3

오늘 밤
춤을 추고 싶어

웨딩 숍은 재봉틀 세 대, 드레스용 마네킹 세 개, 천 재단용 작은 탁자 하나, 자그마한 탈의실 하나를 갖춘 정도의 아담한 크기였다. 진열장에는 행인들이 볼 수 있도록 '숍 안에서는 영어를 사용해주세요'라는 안내문을 부착해놓았다. 웨딩 숍 주인인 중년의 과부 만타니오스 부인은 이렇게 안내문을 부착해놓으면 푸에르토리코인이 아닌 손님들을 불러들일 수 있을 줄 알았다. 하지만 깔끔한 금색 글씨로 큼직하게 쓴 안내문을 부착해놓은 일주일 동안, 숍을 찾은 손님들 중에 영어를 쓰는 사람은 없었다.

말을 안 들어먹는 손님들 때문에 넌더리가 난 만타니오스 부인은 목욕을 하고 옷을 갈아입기 위해 일찌감치 숍을 나섰다. 아마추어 중매쟁이인 두 친구가 남자 손님을 한 명 데려오기로 되어 있었다. 그 손님은 충분히 납득할 만한 세월 동안 홀아비로 지낸 신사였다. 저녁까지도 더위가 누그러질 것 같지 않아서 차와 커피, 레모네이드가 담긴 주전자를 가져와 냉장고에 넣어둬야 했다. 와인과 맥주도 필요했다.

부인은 아니타 팔라시오에게 숍을 맡기고 가도 될지 몇 분을 고민했다. 아니타는 실력도 괜찮고 푸에르토리코에서 일도 잘 배운 것 같기는 한데, 뉴욕에 와서는 제멋대로 사는 것 같았다. 아니타는 마리아 누네즈가 그날 밤 댄스파티에서 입을 원피스를 수선하는 일을 돕고 싶다며 숍에 남아 있겠다고 했다. 예전에 교회였던 문화센터에서 열리는 댄스파티라는데, 부인이 보기에 수준 떨어지는 곳은 아닌 듯했다.

부인은 앞뒤 문을 단단히 잠가야 하고, 숍 진열장에도 강철 셔터를 내려놓고 있어야 한다고 몇 번이나 당부한 후에야 숍을 나섰다. 진열장의 마네킹이 입고 있는 드레스를 훔쳐 가는 백인 도둑들 때문이었다.

부인은 공동주택 쪽으로 서둘러 걸음을 옮겼다. 늦어서가 아니라 거리에 머무는 시간을 최대한 줄이기 위해서였다. 더럽고 막돼먹은 거리의 청년들은 부인을 발견하면 온갖 추잡한 소리를 해댔다. 청년들 중에는 금발 머리도 빨간 머리도 있었고 몇몇은 얼굴에 주근깨가 잔뜩 박혀 있기도

했다. 아일랜드인 아니면 폴란드인으로 보이는 백인들이었다.
신께서는 대체 왜 이 세상에 그 따위 나라들과 사람들을
만드셨는지 이해가 되지 않을 때도 있었다.

숍의 앞문과 뒷문을 모두 단단히 잠그고
블라인드까지 내린 마리아는 탈의실에서 흰 원피스를 입고
나와 아니타에게 물었다.

"오늘 밤까지 수선 가능하겠어?"

입에 몇 개의 핀을 물고 있던 아니타는 고개만 끄덕였다.
열여덟 살을 코앞에 둔 아니타는 어둠 속에서 더욱 밝게
빛나는 짙고 열정적인 눈을 가졌다. 키는 마리아보다
4, 5센티는 더 컸고 가슴과 엉덩이 둘레도 몇 센티 더 컸다.
베르나르도는 원피스에 몸이 녹아 들어간 것처럼, 제2의
피부처럼 몸에 꼭 맞아야 한다고 주장했다.

아니타는 긴 머리카락을 느슨하게 풀어 늘어뜨렸다.
그녀는 낮에도 아이라이너를 빼놓지 않았고, 열정으로 활짝
피어난 것처럼 보이기 위해 립스틱을 입술 선보다 넓고 진하게
발랐다. 낮에는 굽 낮은 슬리퍼를 신고 일했지만 재봉틀
옆에는 늘 9센티 굽의 하이힐을 놓아두었다.

"가만히 좀 서 있어 볼래?"

아니타가 스페인어로 경고했다.

"영어로 말해."

"영어로 말하고 싶으면 영어로 생각해야 하잖아. 하지만 난 스페인어로 생각하는 게 좋아."

아니타는 의미심장하게 눈을 위로 굴리며 덧붙였다.

"사랑에 관한 생각을 할 때 가장 잘 어울리는 언어가 스페인어거든. 일단 좀 가만히 서 있어 봐."

마리아는 목깃의 단추 하나를 풀고 하이넥 아래로 옷을 이리저리 당겨 내려 보았다. 지금 마리아가 입은 커뮤니언 드레스(가톨릭 성당에서 첫 영성체 의식 때 입는 흰 드레스 - 옮긴이)는 부드럽고 하얀 레이온 소재의 천을 재단해 목과 7부 소매 끝자락, 치맛단 가장자리에 작은 구멍과 함께 수를 놓은 옷이었다. 아니타는 베르나르도에게 약속한 대로 진한 붉은색이나 파란색이 아닌 흰 벨트를 둘러줬고 머리에도 같은 색 머리띠를 착용하게 했다.

하지만 마리아가 보기에 원피스의 목둘레선은 너무 높았고 소매는 너무 길었다. 소매냐 목둘레선이냐를 놓고 고민하던 마리아는 목둘레선을 손보기로 했다.

가위로 손을 뻗으며 마리아가 말했다.

"목둘레선 좀 수선해줘. 언니가 입은 원피스처럼."

"너 때문에 이러다 핀 삼키겠다."

아니타는 원피스에 새로 덧댈 밑단 길이를 자로 재는

중이었다. 길이가 무릎에서 약간 아래로 내려오도록 수선할 생각이었다. 마리아가 베르나르도의 여동생만 아니었다면 무릎에서 한 3센티쯤 올라오게 밑단 길이를 줄이자고 했을 것이다. 하지만 마리아의 원피스를 그렇게 짧게 했다가는 베르나르도가 크게 화를 낼 것이다. 아니타는 그날 밤 댄스파티에서 그런 사고를 치고 싶지 않았다.

베르나르도가 분노하다 못해 눈에 불을 켰을 때, 이글이글 타오르는 그 불길이 아니타에게 온갖 멋진 경험을 안겨준 적이 많았다. 아니타는 베르나르도를 품에 안고 분노를 풀어내도록 이끌었고 얼마 후 두 사람은 기분 좋게 지친 숨을 몰아쉬곤 했다. 그런 다음 베르나르도는 그녀에게 조용히 달콤한 말들을 속삭였다.

"똑바로 서 있지 않으면 이 핀이 네 몸 어디에 박힐지 나도 몰라."

아니타는 마리아에게 경고했다.

"목선만 좀 어떻게 해주면 안 돼?"

"목선은 이대로도 괜찮아. 내가 아는 여자들은 너처럼 예쁜 목선을 다들 부러워해."

"이 원피스의 목둘레선 말이야. 5센티나 8센티 정도 더 파도 별 문제없지 않을까?"

"문제가 있지, 왜 없어."

아니타가 단박에 자르며 눈을 과장되게 위로 굴리자
마리아는 웃음을 터뜨렸다.

"언니는 지금 내가 댄스파티에 입고 갈 원피스를
수선해주고 있는 거잖아. 댄스파티라고. 제단 앞에 무릎
꿇고 영성체를 받을 때 입을 옷이 아니라."

아니타는 밑단에 핀을 하나 더 꽂았다.

"그런 옷차림으로 아무 남자하고나 춤추다 보면, 나중에
그 남자한테 제발 신부로 삼아 달라고 애원하게 될지도
몰라."

"8센티나 5센티가 어려우면 2.5센티만이라도 좀 파줘."

마리아는 엄지와 검지를 거의 가까이 대며 덧붙였다.

"조금만, 아주 조금만."

"자꾸 그러지 마, 베르나르도와 약속했어."

아니타는 한숨을 쉬었다. 바닥에 웅크리고 앉은 아니타는
마리아의 우아하게 뻗은 날씬한 다리를 한눈에 볼 수 있었다.
운도 좋지…. 마리아는 다리에 면도를 하거나, 피부를 부드럽게
유지하기 위해 크림과 로션을 바를 필요도 없을 만큼 피부가
매끈했다.

"내가 널 단속하려는 게 아니라, 베르나르도와 약속한
것 때문에 그래. 널 잘 돌봐주기로 했거든. 원피스 수선도
그 일에 포함된 거야."

"오빠가 언니와 약속을 했단 말이지."

마리아는 콧방귀를 뀌며 말을 이었다.

"내가 여기 온 지 한 달 정도 됐거든. 오빠는 아침마다 나를 이 웨딩 숍까지 데려다 줘. 그리고 저녁 때 치노가 데리러 오지 않으면 오빠가 와서 나를 집으로 데리고 가. 결국 낮에는 여기서 바느질만 하다가 밤에는 집에서 멍하니 앉아 있는 게 다야. 푸에르토리코에서 살 때랑 달라진 게 없어."

"푸에르토리코에서 넌 어린 여자애였으니까 그렇게 살았겠지. 여기서도 넌 아직 나이가 많지 않잖아."

"그래? 그런데 어리다면서 왜 자꾸 치노랑 결혼시킬 생각들을 하고 있을까?"

"아, 그건 다른 문제야. 넌 결혼을 할 정도 나이는 됐지만, 목둘레선을 깊게 판 옷을 입을 정도로 나이가 차진 않았어."

"이제 옷을 벗어도 될 만큼은 나이를 먹었어."

얼굴이 확 붉어지면서 동시에 웃음이 터져 나온 마리아는 손으로 얼굴을 가리며 말을 이었다.

"다른 사람한테 내가 이런 말 했다는 얘기 하지 마. 치노한테도 하지 말아줘."

"치노한테는 당연히 안 하지. 그런데 치노를 보면 심장이

막 두근거리니?"

아니타는 두 손을 허공에 대고 팔랑팔랑 흔들며 물었다.

마리아는 고개를 저었다.

"아무 느낌 안 들어."

아니타는 끄응 소리를 내고 일어서며 물었다.

"별다른 느낌이 있을 거라고 기대했어?"

그 질문에 마리아의 표정이 진지해졌다.

"모르겠어. 뭔가 느낌은 있어야 하지 않을까? 치노는
좋은 사람이야…. 그런 것 같기는 해."

마리아는 몇 걸음 나아가 거울 앞에 서서 원피스 길이를
확인했다. 무릎에서 2.5센티미터 내려간 길이였다. 그래도 이
정도면 다리가 충분히 드러난 것 같아 만족스러웠다. 이제
아니타를 꼬셔서 목둘레선만 손보면 된다. 그러려면 다른
화젯거리를 끌고 와서 아니타가 계속 수다를 떨게 만들어야
한다.

"언니는 베르나르도 오빠를 보면 느낌이 어때?"

"제대로 볼 수가 없어. 그를 보자마자 내 눈에 별들이
가득 차서 앞이 안 보이거든. 그런 느낌이야."

"그렇구나. 그래서 둘이 영화관에 갔다 와도 영화
내용에 대해 아무한테도 설명을 못 하는구나. 언니랑
나르도(베르나르도의 애칭 - 옮긴이) 오빠가 발코니에

앉아 있을 때 무슨 일이 일어나는지 이제 알겠어. 둘이 영화를 보고 와서도 내용을 모르는 이유에 대해 엄마 아빠한테 말을 해야 하나, 말아야 하나?"

아니타는 원피스의 목깃을 손가락으로 잡아당기며 경고했다.

"까불면 원피스를 박박 찢어버릴 거야."

"언니가 목둘레선을 조금만 더 파주면 말 안 하고…"

마리아의 눈빛은 개인적인 비밀을 함부로 발설하지 않을 것임을 아니타에게 분명히 보여주고 있었다.

엄한 표정을 지으려던 아니타는 저도 모르게 미소를 짓고 있었다.

"내년에는 그렇게 하자. 시간은 많아."

잠시지만 아니타의 눈에 슬픔이 스치고 지나갔다.

"정말이야."

마리아는 입을 비쭉 내밀고는 원피스 자락을 살짝 위로 올렸다. 아무리 봐도 무릎이 드러나야 더 잘 어울릴 것 같았다.

"내년이면 난 유부녀일 텐데, 그럼 내 원피스가 길든 짧든 누가 신경이나 쓰겠어?"

아니타는 못 말리겠다는 듯 두 손을 들어 올렸다.

"그래, 알았어. 목둘레를 얼마나 더 파?"

"여기까지."

마리아는 가슴뼈에 손가락을 갖다 대고는 거울 속 자신의 모습에 인상을 찌푸렸다.

"이 원피스 마음에 안 들어!"

"그럼 입지 말고 댄스파티에도 가지 마."

아니타는 정말이지 마리아가 차라리 댄스파티에 가지 않기를 바랐다.

아무리 원피스를 이리저리 손봐도 베르나르도는 결국 트집을 잡아낼 게 뻔했다. 집에서 욕조에 물 받아놓고 거품 목욕이나 즐겨야 할 시간에 왜 이런 일을 참고 하고 있는지 의문이었다. 욕조에 몸을 담그고 스트립쇼를 하듯 팔다리를 들어 올리며 온갖 기분 좋은 야한 상상이나 하고 싶었다. 그럼 마리아를 보면서 느끼는 슬픔과 질투를 마음에서 떨쳐버릴 수 있을 텐데. 아니타는 속으로 생각했다.

'솔직히 내가 베르나르도의 여동생처럼 입으면 저 정도로 옷태가 나지는 않겠지. 마리아는 예복을 입혀놓으면 성모 마리아처럼 보일 거야.'

마리아는 충격받은 표정이었다.

"댄스파티에 가지 말라고? 아무도 날 막지 못할걸? 엄마가 가도 된다고 허락했거든."

마리아는 손가락 끝으로 아랫입술을 톡톡 두드리다가 물었다.

"원피스를 빨간색으로 염색할 수 있을까? 전에 언니가 빨간 원피스 입었을 때 엄청 멋있었는데."

아니타의 의지는 확고했다.

"안 돼. 마리아, 제발. 지금은 원피스 수선할 시간도 모자라."

"흰 원피스는 애들이나 입는 거잖아. 댄스파티에서 흰 옷차림은 나밖에 없을걸…."

"…댄스파티에 가고 싶으면 흰 원피스를 입어야 하니까 마음 단단히 먹어."

"목둘레선을 조금만 더 판 흰 원피스면 괜찮을 것도 같아."

마리아는 고집을 꺾지 않았다. 별안간 마리아는 아니타의 허리를 두 팔로 감싸고 뺨에 입을 맞추며 말했다.

"언니는 정말 좋은 사람이야. 사랑해."

웨딩 숍 앞문을 세차게 두드리는 소리에 아니타는 누가 왔는지 보고 오겠다는 핑계를 대며 물러섰다. 창피하게 눈물이 핑 도는 모습을 마리아에게 보이고 싶지 않았다. 욕조에 몸을 담그고 있었다면 다른 생각을 했을 텐데. 자신이 마리아처럼 예뻤던 시절 이후로 시간이 얼마나 흘렀을까. 하지만 남자애들이 생각하는 게 자신과 다르다는 사실을 처음 깨달았을 때도 아니타는 마리아 같지는 않았다.

문을 열자 베르나르도가 치노와 함께 문 앞에 서 있었다. 아니타는 따뜻하고 육감적인 미소를 지었다. 아니타가 윗입술과 아랫입술 사이로 혀끝을 날름거리자 베르나르도는 그녀에게 재빨리 윙크를 하고는 다시 무표정한 얼굴로 돌아갔다.

베르나르도는 치노에게 숍 안으로 들어오라는 뜻으로 어깨를 움직였다. 그리고 아니타가 다시 앞문을 걸어 잠글 수 있도록 옆으로 물러섰다. 어색하게 뒷짐을 진 치노는 고개를 끄덕이며 두 여자에게 기어들어 가는 목소리로 인사를 건넸다. 치노의 눈은 흰 원피스를 입은 마리아에게 박혀 있었다.

베르나르도는 아니타가 입을 맞출 수 있도록 뺨을 내밀며 물었다.

"오늘 어땠어?"

"좋았지. 손님이 두 분 왔는데, 그중 한 분이 자기 아들이 우리 같은 예쁜 여자랑 결혼하면 좋겠다고 하시더라."

"언니 같은 예쁜 여자를 말한 거였잖아."

마리아가 아니타의 말을 고쳐주었다.

"난 다르게 들었는데. 치노, 왜 문에 기대 서 있어? 저기 가서 앉아."

아니타는 의자를 손으로 가리켰다.

"여긴 여자들을 위한 가게잖아요. 나중에 앉을게요."

치노는 셔츠 목깃을 초조하게 잡아당기며 밀짚모자로 연신 부채질을 해댔다. 그는 날씨 얘기를 제외하고는 여자들과 어색하지 않게 대화하는 걸 힘들어했다.

마리아가 말했다.

"나중은 무슨. 중요한 건 오늘 밤이지. 나르도 오빠, 오늘 밤에 내가 댄스파티에서 즐거운 시간을 보내는 게 제일 중요한 거잖아."

"뭐가? 오늘 밤이 뭐가 그렇게 중요한데?"

베르나르도가 물었다. 그는 어서 무슨 말이든 하라고, 여기로 오는 길에 일러준 얘기라도 꺼내라고 닦달하기 위해 치노와 눈을 맞추려던 참이었다. 하지만 치노는 신발만 내려다보고 있었다.

마리아는 삼면거울 앞에서 한쪽 발로 바닥을 디디고 빙글 돌았다. 거울 속에서 그녀의 모습이 여러 개로 늘어났다. 아니타가 서 있는 자리에서는 마치 흰 옷 입은 발레단이 순수의 춤을 추고 있는 듯 보였다. 마리아는 오빠에게 손짓을 하며 깡충 뛰어갔다. 베르나르도는 어렸을 때처럼 웃고 있었다. 오늘 밤은 정말 멋진 밤이 될 거라고 마리아는 생각했다. 그런 의미에서 마리아는 아니타를 흉내 내듯 치노의 뺨에 입을 맞췄다. 치노의 뺨은 따뜻하고 부드러웠다. 그게 다였다.

마리아는 노래하듯 말했다.

"오늘 밤부터 미국의 젊은 숙녀로서 새로운 내 삶이 제대로 시작되는 거야! 치노…."

마리아는 치노의 손을 잡으며 말했다.

"난 오늘 밤 춤을 추고 싶어. 쉬지 않고 계속 출 거야! 음악이 없어도 상관없어."

이 심장을
어떻게 하면 좋지?

몇 년 전, 한 교파에 속한 두 교회가 하나로
합쳐졌다. 그 교파는 웨스트 사이드에 자리한 두 교회 중
더 낡고 수리가 필요한 교회 건물을 매물로 내놨다. 하지만
팔리지 않는 바람에 일 년 가까이 빈 건물로 방치되었고 결국
지나가던 이들의 분풀이 대상이 되고 말았다. 툭하면 창문이
박살나자 결국 그 교파는 시 당국에 교회 건물을 좋은 일에
써 달라고 기증했다. 시 당국은 그 제안을 받아들여 교회
건물을 지역 문화센터로 탈바꿈시켰다. 초기에는 청소년과
성인 들을 위한 다양한 동호회가 만들어져 그럭저럭 잘
굴러가는 듯했다. 문화센터 업무를 배정받은 사회복지사와
자원봉사자가 자부심을 가질 정도로 성공적이진 않았지만

완전히 실패한 것도 아니었다.

문화센터는 누구에게나 열린 공간이었다. 주된 목적은 거리를 헤매는 청소년들을 불러들여 어른의 감독 아래 의미 있고 즐거운 시간을 제공하고 가르침도 주려는 것이었다. 문화센터의 프로그램은 좋은 의도로 영리하게 구성됐지만 한 가지 중대한 문제가 있었다. 바로 푸에르토리코인들을 포함한 모든 지역민들이 이용 가능하다는 점이었다.

푸에르토리코인들도 문화센터를 이용할 수 있다는 사실이 알려지면서 동네 토박이들은 문화센터를 멀리하기 시작했고, 그들의 자녀들도 센터를 거의 이용하지 않게 됐다. 그러자 푸에르토리코인들도 토박이 백인들에게 거부당하는 문화센터를 이용하지 않는 분위기가 되고 말았다.

그 결과 동호회실들은 대부분 비게 됐다. 책과 게임 기구들은 선반 위에서 내려올 줄 몰랐고, 농구장 이용객도 사라졌다. 사무실에 모여 앉은 사회복지사들은 커피를 마시며 고민을 거듭했지만 답을 찾지 못하자 직업을 잘못 선택했다며 한탄할 뿐이었다. 누가 봐도 힘만 들고 보람은 없는 답답한 상황이었다.

6월 어느 날 밤, 머레이 베노위츠가 문화센터의 미래를 밝히겠다며 자신 있게 나섰다. 그는 과거와 마찬가지로 큰 기대 없이 댄스파티 개최를 홍보했다. 젊은 사회복지사들에게 청년들의 참여를 이끌어낼 방안을 찾아보라고 했다. 만약 그 노력의 결과가 좋지 않더라도 실망하지는 말자고 조언했다.

쓸쓸하고 비딱한 관점일지 모르지만 그간의 경험에 기초한 견해였다. 이 분야에 몸담고 있는 다른 사회복지사들과 마찬가지로 머레이도 처음에는 세상을 그저 장밋빛으로만 바라봤다. 노력만 하면 금방 최선의 결과를 이끌어낼 수 있다고 믿었다. 하지만 지금은 현실이 그렇지 않다는 것을 잘 안다. 겪어 보니 세상은 온통 회색빛이었고 암울했고 절망적이었다. 그래도 그는 울지 않으려 애를 썼다. 센터 용품을 망가뜨리고, 벽에 음란한 낙서를 휘갈기고, 그를 답답한 꼰대라고 비웃는 아이들에게 지치지 않고 미소를 보냈다. 사람들은 늘 웃는 얼굴로 인사를 건네는 그를 '안녕 아저씨'라는 별명으로 부르며 비아냥댔지만 그는 이상할 정도로 아무렇지 않게 그 별명을 받아들였다. 그리고 센터를 찾는 이들의 이름도 하나하나 기억했다.

그날 저녁 8시부터 10대 청소년들이 문화센터로 몰려들기 시작했다. 머레이는 일을 도와줄 사회복지사를 두 명 더 불렀다. 그러고는 레코드플레이어 옆에 서서 댄스 플로어 천장에 화사하게 매달아놓은 주름종이 장식들을 올려다보았다.

그는 괜찮은 음반들을 준비했다. 시원한

펀치(술·설탕·우유·레몬·향료를 넣어 만든 음료 – 옮긴이)는
물론이고 각진 얼음이 담긴 자루와 컵, 냅킨도 넉넉하게
가져다 두었다.

샤크파와 제트파가 댄스파티장에 모습을 드러냈지만
곧장 싸움이 일어나지는 않았다. 하지만 머레이는 불안해서
몸이 떨릴 지경이었다. 샤크파는 댄스플로어 한쪽 옆으로,
제트파는 반대편 쪽으로 물러나 각자의 구역을 지키며
경쟁하듯 춤을 추었다. 두 갱단 사이에 마치 벽이 세워져 있는
듯했다.

그래! 이제 시작이야, 라고 머레이는 생각했다. 머레이와
사회복지사들이 두 집단에게 서로 어울려 춤추도록
독려하려는데, 다른 소년 소녀들이 꾸역꾸역 댄스파티장으로
들어오면서 너무 바빠져 다 챙길 겨를이 없었다.

그는 이름을 기억하는 아이들을 부르며 다가갔다.
아이들은 그를 '안녕 아저씨'라고 부르며 인사를 건넸고
그는 잠시 같이 웃으며 잡담을 나눴다. 아이들의 춤이 점점
과격해지고 있었지만 지나치게 신경 쓰고 싶지는 않았다.
예전에는 춤을 성적 일탈과 연관 지으며 부정적으로
생각했지만 지금은 아니었다. 나중에 이 동네 아이들에게
신뢰를 얻어 친구가 되고 인정까지 받는다면, 이 지역 관리
담당자에게 댄스 교사 채용 요청을 호소해볼 생각이었다.

문 쪽을 돌아본 머레이는 안경 낀 눈을 껌벅거렸다.
샤크파가 문 가까이에 모여 있었다. 그는 베르나르도와 새빨간
원피스를 입은 베르나르도의 여자 친구를 바로 알아보았다.
아이들에게 큰 영향력을 미치는 베르나르도를 개인적으로
환영하기 위해 머레이는 그리로 다가갔다.

곁눈으로 보니 제트파가 모여 있는 곳에 동요가 일고 있어
그는 걸음을 재촉했다. 머레이가 문 앞에 다다랐을 때 리프와
액션, 토니 와이젝이 댄스파티장에 모습을 드러냈다.

정말 대단한 밤이었다! 도심의 시 당국자들에게 제출할
긍정적인 보고서를 주말 동안 분량을 꽉 채워서 쓸 수 있을
듯했다. 마침내 이곳 아이들에게 긍정적인 변화가 일어났다는
내용을 담은 보고서가 될 터였다.

수년 동안 산전수전을 다 겪은 머레이는 샤크파 아이들과
제트파 아이들이 각자의 보스 중심으로 뭉쳐 있는 것을 보고
그들 사이에 팽팽한 긴장감이 감돌고 있음을 감지했다.

전에 들은 얘기가 잘못된 정보였나? 닥은 토니 와이젝이
제트파와 손을 끊고 자신의 가게에서 착실하게 일하고 있다고
했었는데. 지금 보니 다시 제트파와 어울리는 모습이었다. 옛
동료들과 어울려 툭하면 여기저기 시비를 걸고 싸우던 시절로
다시 돌아간 건가.

두 갱단이 금방이라도 이곳에서 뒤엉켜 싸울 것 같은

분위기라 머레이는 재빨리 머리를 굴렸다. 제트파 소녀 두명은 벌써 무기로 쓰려고 하이힐을 벗어서 손에 들고 있었다.

머레이는 주목하라는 뜻으로 두 손을 흔들며 목소리를 높였다.

"자, 얘들아. 잠깐 여기 주목 좀 해주겠니? 어서!"

그는 문 안쪽을 힐끔 들여다보는 제복 경찰에게 안에는 아무 문제가 없고 잘 통제되고 있으며, 말썽이 날 소지는 없다는 뜻으로 손을 흔들어 보였다.

"고맙구나."

다들 요청에 따라주자 머레이는 감사 인사를 했지만 상당부분 제복 경찰 덕분이었다.

"오늘 저녁에 꽤 많은 사람들이 모였어. 문화센터에서 오랜만에 올린 최고의 성과야. 10시가 조금 넘었고 아직 밤은 무르익지 않았으니 분위기를 더 좋게 만들어보자."

그는 잠시 숨을 골랐다. 아이들은 전문가답고 성실한 그의 말투를 비웃었지만 그는 신경 쓰지 않으려 애쓰며 물었다.

"다들 즐거운 시간 보내고 있지?"

그러자 한 소녀가 외쳤다.

"맞아요, 아저씨!"

"그래. 그런데 지금 보니까 너희들 사이에 그랜드 캐니언이라도 있는 것처럼 댄스플로어 양쪽 끄트머리에서만 춤을 추고 있더구나."

어떤 소년이 한 손을 엉덩이에 갖다 붙이고 비딱하게 서서
물었다.

"왜요? 여자는 여자들끼리, 남자는 남자들끼리만 춤을
춰야 합니까?"

머레이는 샤크파와 제트파를 손으로 가리키며 말했다.

"너희가 어울려서 춤을 추면 좋겠어. 그래야 서로에 대해
알아가지."

그러자 샤크파 조직원 하나가 소리쳤다.

"저것들이 바로 악취탄을 던진 놈들이라고요!"

머레이는 다시 두 손을 들어 올렸다.

"과거는 얘기하지 말자. 오늘 밤에는 좋은 시간을
보내야지. 서로에 대해 알아갈수록 더 즐거운 시간을
보낼 수 있어. 그런 의미에서 만남의 춤을 춰보는 건
어떨까? 원 두 개를 만들어보자. 남자들이 바깥 원을
만들고 여자들이 안쪽 원을 만들어."

스노우보이가 소리쳤다.

"저기요, 아저씨는 어느 쪽에 서실 거죠?"

머레이는 억지 웃음을 지었다.

"좋아. 이제 음악을 틀 테니까 남자들은 이쪽 방향으로,
여자들은 저쪽 방향으로 움직이는 거야…"

그러자 누군가 외쳤다.

"유치해요!"

머레이는 다 안다는 듯 발랑 까진 웃음소리 너머로 모두에게 들리도록 목청을 높였다.

"원 두 개를 만들어, 얘들아. 음악이 멈추면 맞은편에 선 남자와 여자가 짝을 이뤄서 춤을 추는 거야. 알겠지? 좋아. 원 두 개를 만들어서 도는 거다."

뺨과 이마에 땀이 송골송골 맺히고 안경에는 부옇게 김이 서렸다. 머레이는 제트파와 샤크파가 서로를 노려볼 뿐 꿈쩍도 않고 있다는 걸 알 수 있었다.

립스틱을 진하게 바르고 정성들여 머리를 매만진 여자들, 몸에 착 붙는 원피스를 입고 자연적으로든 옷 디자인 때문이든 가슴이 도드라진 여자들은 도전적인 자세로 상대를 바라보고 있었다. 무겁게 깔린 침묵 속에 팽팽한 긴장감이 차올랐다. 그 순간 조금 전에 본 제복 경찰이 크럽키 경관과 함께 다시 댄스파티장으로 들어오자 머레이는 어색할 정도로 크게 안도의 한숨을 쉬었다.

머레이는 크럽키 경관에게 보란 듯이 손을 흔들었다. 적대적인 눈빛으로 쏘아보는 크럽키를 본 제트파와 샤크파 아이들은 자기네 여자들을 중심으로 각각 따로 원을 만들어 서기 시작했다. 베르나르도는 아니타와 마주 보며 섰고,

리프는 그라지엘라와 마주 보았다. 어서 춤을 추고 싶은데 다들 시간 낭비만 하고 있어 애가 탄 그라지엘라는 초조하게 손가락을 튕기며 딱딱 소리를 내고 있었다.

하지만 머레이가 요구한 원은 이런 형태가 아니었다. 머레이는 다시금 원을 만들어 서는 방법을 설명한 뒤 크럽키를 바라보았다. 그러자 크럽키는 이렇게 쉬운 지시도 못 알아먹느냐면서, 제대로 좀 해보라고 냅다 고함을 질렀다.

경찰의 명령을 거역할 수 없어서 그제야 다들 제대로 원을 만들어 섰다. 스피커에서 음악이 흘러나오기 시작했다. 소년 소녀들이 각각 반대 방향으로 움직이기 시작하자 머레이는 박수를 치며 말했다.

"바로 그거야, 얘들아. 이 분위기로 쭉 가자. 빙글 돌아 그녀가 갑니다. 그녀는 어디에서 멈출까요. 아무도 몰라요! 좋아, 이대로 가는 거야!"

잠시 후 머레이는 사회복지사에게 신호를 보내 음악을 멈추게 했다. 눈을 껌벅이다가 다시 크게 뜬 머레이는 그다지 좋지 않은 분위기에 실망하고 말았다. 음악이 꺼지면서 두 개의 원이 멈췄을 때 제트파 조직원 몇 명의 맞은편에는 샤크파와 함께 댄스파티에 온 여자들이 서 있었다. 그런데 그들은 짝을 이룰 생각은 하지 않고 서로를 노려보기만 했다. 리프는 대놓고 구역질하는 시늉을 하면서 맞은편에 선 샤크파 여자에게 등을 돌렸고, 그라지엘라를 불러 자기 옆에 서게 했다.

쓸데없는 모욕에 샤크파는 분노했다. 제트파 놈이 먼저 그런 모욕 방법을 생각해냈다는 것 때문에 더 화가 치밀었다. 대놓고 굴욕을 당하자 분노로 몸을 떨던 베르나르도는 손가락을 튕겨 아니타를 불렀다. 샤크파 조직원들은 원에서 벗어났고 여자들도 그들을 따랐다.

머레이는 즉시 다른 음악을 틀라고 신호를 보냈다. 열정적이고 격렬한 맘보 음악이 댄스파티장을 채우자 그는 안도의 한숨을 내쉬었다. 맘보는 묘하게 저들을 진정시켰다. 그는 그런 음악의 힘에 대해 인류학적인 관점에서 생각해보았다. 음악은 야만인들을 도취시키는 효과가 있다. 지금 이곳에 필요한 게 바로 그것이었다. 서로를 미워할 생각도 하지 못할 만큼 음악에 취하게 만드는 것. 댄스파티가 끝나고 나면 제트파와 샤크파는 이곳을 떠날 것이고 그 후에 일어나는 일은 그의 책임이 아니다.

머레이 베노위츠는 몸서리를 쳤다. 크럽키 경관에게 부탁하면 지하철역까지 태워다 줄까? 집으로 가는 전철에 안전하게 탑승하는 것까지 확인해주려나? 먹고 살기가 왜 이렇게 힘든 것일까?

댄스파티장에 들어선 순간부터 토니는 어울리지 않는 곳에 잘못 와 있는 기분이었다. 데이트 상대를 데려오지 않은 그와 달리 파티 참석자들은 전부 짝이 있었다. 베르나르도와 샤크파, 리프와 제트파도 전부 낯설게 느껴졌다. 이대로 문 쪽으로 이동하면 아무도 알아채지 못하게 빠져나갈 수 있을 듯했다. 리프가 멍청하게 베르나르도에게 싸움을 건다고 해도 그건 녀석이 알아서 할 일이었다.

그때 벽에 기대어 서 있는 흰 원피스 차림의 소녀가 토니의 눈에 들어왔다. 그는 넋을 놓고 소녀를 바라보았고 소녀도 그를 마주 보았다. 여기를 떠나려던 생각이 그의 머릿속에서 싹 사라졌다. 토니 와이젝은 마치 자석에 이끌리듯 마리아 누네즈에게 다가갔다. 그녀의 갈색 눈을 들여다보며 두 손을 내밀었고, 그녀에게 이끌려 마법 같은 세계로 들어갔다.

드디어 맘보가 끝나고 좀 더 가볍고 느릿한 음악이 담긴 음반이 턴테이블에 놓였다. 토니는 구름 위를 떠가듯 댄스플로어로 나섰다. 그는 소녀의 손가락을 부드럽게 잡고 그녀의 하트 모양 얼굴과 촉촉한 갈색 눈, 립스틱을 곱게 바른 사랑스러운 입술을 바라보았다. 그는 그녀의 원피스가 마음에 든다는 뜻으로 고개를 끄덕였다. 희고 아름다운 그 원피스는 다른 소녀들이 입은 원피스와는 분위기가 달랐다.

그의 손가락이 소녀의 등에 닿을 듯 말 듯 했다. 그의 어깨에 닿은 그녀의 손은 가볍고 섬세했다. 토니에게 이끌려 한 바퀴 돌고 난 그녀는 그의 손이 몸 가까이에 붙자 살짝 떨며 물러섰다. 마치 그를 두고 떠나려는 듯이. 토니는 잠시 손가락에 힘을 주었다가 풀어주었다.

두려워할 거 없어, 라고 그는 소녀에게 말했다. 이 세계는 그도 처음 와본 곳이지만 익숙한 느낌이었다. 그녀와 함께 있는 이 세계는 푸른 들판이 펼쳐지고 따뜻한 바람이 부는 곳, 아름다운 새들과 향긋한 꽃이 가득한 따뜻한 곳이었다. 구름 위를 걷고 있는데도 그들은 추락하지 않았다. 음악 소리가 아득히 멀리서 들려오는 듯했다.

마리아 역시 심장이 터질 것만 같았다. 천장의 조명이 흐려진 탓에 그녀는 댄스 파트너가 된 백인 소년의 모습이 또렷이 보이지 않았다. 그런데도 그가 두렵지 않은 건 왜일까? 왜 그는 베르나르도 오빠가 말한 다른 백인들처럼 비루하게 생기지도, 저속하게 행동하거나 더러운 말을 하지 않는 걸까?

밤의 열기가 후끈 달아오르면서 마리아의 등허리로 땀이 흘러내렸다. 하지만 소년의 손가락은 시원하기만 했다. 그는 그녀에게 지나치게 몸을 붙이거나 압박하지 않으면서 편안하게 춤을 이끌었다. 베르나르도 오빠가 백인들은 여자에게 몸을 찰싹 붙이고 춤을 춘다고 했는데 그는 전혀 그렇지 않았다. 오히려 베르나르도 오빠가 아니타 언니와 춤추는 모습이, 다른 샤크파 조직원들이 파트너인 여자들과 춤추는 모습이 그랬다. 제트파 조직원들과 다른 게 하나도 없었다.

"나를 다른 사람으로 착각하고 있는 건 아니지?"

수줍음이 느껴지는 그의 목소리가 듣기 좋았다.

마리아는 고개를 저으며 대답했다.

"착각 안 했어."

"우리가 전에 만난 적 있었나?"

토니는 소녀가 그를 떠나려 하지 않자 환호성을 지르고 싶었지만 차분하게 물었다. 이제 확신이 섰다. 이 세계에서라면 당연히 그래야 했다. 함께 들어선 두 사람이 영원히 머무는 곳이니까.

"만난 적 없어. 이… 이 댄스파티에 오게 돼서 기뻐."

"나도. 사실 조금 전에 여길 떠나려고 했거든. 그런데 너를 보고 느낌이 왔어."

마리아는 의아했다.

"어떤 느낌?"

머릿속으로 생각을 하는 것과 그 생각을 말로 표현하는 것은 엄연히 다르다. 토니는 입술을 혀로 핥으며 천천히 설명을 해나갔다.

"모르겠어. 지난 두 달 동안 방황을 했거든. 난 누굴까? 내가 뭘 하고 있는 거지? 난 어디로 가게 될까? 나한테도 멋진 일이 일어날까? 이런 생각을 했었어. 때로는 너무 우울해져서… 미안."

그는 말을 더듬었다.

"그러니까 내 말은, 앞으로 내 인생에 일어나게 될 일에 대해 내가 착각하면서 살고 있는 건 아닌가 해서 기분이 울적해졌었어. 어떤 기분인지 이해할 수 있어?"

"알 것 같아."

마리아는 진지한 표정으로 그를 바라보았다. 이 소년은 정말 멋진 눈을 가졌다. 우울한 심정에 대해 그보다 더 잘 설명할 사람은 없을 것 같았다.

"이해해."

마리아는 머뭇거리며 덧붙이고는 한마디 더 했다.

"비행기를 타고 오면서 나도 그런 기분이었어."

"난 비행기 한 번도 안 타봤는데. 멋진 경험이었겠다."

드디어 음악이 끝났다. 토니는 춤을 추면서 조금씩 구석 자리로 이동했는데, 그곳에 벤치가 있어 다행이라는 생각을 했다. 그는 소녀와 벤치에 앉아 다시 입을 열었다.

"넌 내가 말을 하기도 전에 내 마음을 아는 것처럼 느껴져."

그는 벤치 가장자리에 놓인 그녀의 손가락에 손을 얹으며
말했다.

"손이 차네."

"네 손도 차."

마리아는 다른 쪽 손을 들어 그의 뺨을 만졌다. 그날 이른
저녁에 치노의 뺨도 이런 식으로 만졌지만 그때와는 느낌이
달랐다. 이 남자의 뺨은 더 거칠고 온기도 덜했지만, 마치
전기가 통하는 전선을 만진 것처럼 손가락 끝이 짜르르했다.

"네 뺨은 따뜻해."

토니도 그녀의 턱을 손으로 만지며 말했다.

"너도 따뜻해."

마리아는 미소를 지었다.

"당연히 그럴 거야. 오늘 날씨가 따뜻하고 공기가…."

"습해서?"

그는 대신 알맞은 단어를 말해주었다. 그녀가 고개를
끄덕이자 그는 기분이 좋아졌다.

"응. 그런데 꼭 날씨가 따뜻하고 습해서만은 아니야."

"네가 그 말을 했을 때 내 눈앞에 떠오른 이미지가 뭔지
알아? 불꽃놀이야."

마리아가 고개를 끄덕이자 토니는 말을 이어 갔다.

"큼직한 풍차 모양과 로켓 모양 불꽃인데 소리는 안 나고

빛만 터져 나오는 거야. 이렇게…."

그는 검지로 허공에 불꽃의 궤적을 그렸다.

"보여?"

"보여. 아름다워."

"나를 놀리려고 농담하는 거 아니지? 정말 보여?"

마리아는 가슴에 성호를 그으며 대답했다.

"아직 그런 식으로 농담하는 방법을 배우지 못했어.
그리고 지금은…."

"…지금은?"

"절대 농담 아니야."

상상 속 로켓들이 날아올라 하트와 별 모양으로 터진 뒤
빛의 폭포가 되어 쏟아졌다. 그는 입술 가까이에 있는 그녀의
손바닥에 충동적으로 입을 맞췄다. 그 순간 그녀의 떨림이
느껴졌다.

그는 그녀의 사랑스러운 머리카락 향기와 가벼운 향수
냄새를 맡으려고, 그녀의 입술에 키스하려고 허리를 굽혔다.
마법 세계의 경계가 무너지지 않도록 조심스럽게 다가갔다.
그런데 누군가 거친 손으로 토니의 어깨를 잡아 뒤로 젖혔다.

수년간에 걸친 길거리 싸움으로 다져진 고양이 같은
반사신경으로, 토니는 갑작스러운 공격에 즉각 반응해 벌떡
일어섰다. 그는 어깨를 잡아 젖힌 상대에게 날리려고 주먹을

부르쥐었지만 앞으로 뻗지는 못했다. 토니한테서 시선을 떼고 벤치에 앉은 소녀를 내려다보는 상대 남자는 바로 베르나르도였다.

토니와 마리아의 마법 세계가 와르르 무너졌다. 토니는 아까 이 소녀가 베르나르도와 함께 댄스파티장으로 들어오는 모습을 본 기억이 떠올랐다. 하얀 원피스를 입은 이름 모를 이 소녀는 베르나르도의 여동생이었다. 토니는 살면서 처음 만난 가장 경이로운 사람을 이대로 놓치게 될까 봐 두려워 어쩔 줄 몰랐다.

베르나르도가 토니에게 날카롭게 내뱉었다.

"꺼져, 미국인."

"진정해, 베르나르도."

토니는 아무 문제도 없을 거라고, 싸우지 않을 거니까 믿어도 된다고 안심시키려고 소녀를 향해 오른손을 뻗었다.

베르나르도가 입술을 씰룩거렸다.

"내 여동생한테 손대지 마!"

베르나르도는 마리아를 돌아보며 다그쳤다.

"이놈이 저쪽 패거리인 거 몰랐어?"

"몰랐어. 그냥 춤추러 온 사람으로만 보였어. 그리고 아무 잘못도 하지 않았어."

베르나르도는 손가락을 딱 소리 나게 튕겨 샤크파

조직원들을 불러 모았다. 저쪽에 가 있던 치노가 재빨리 댄스 플로어를 가로질러 다가왔다.

베르나르도는 마리아를 나무랐다.

"말했잖아. 이 백인 놈들이 푸에르토리코 여자한테 원하는 건 하나뿐이라고!"

그러자 토니가 반박했다.

"그건 거짓말이야."

토니 옆으로 다가온 리프가 나섰다.

"진정해. 할 말 있으면 차분히 해."

치노는 베르나르도의 어깨를 툭 치고 앞으로 걸어가 토니와 마주 보고 섰다. 얼굴이 창백해진 치노는 겁먹은 것처럼 보이지 않도록 입을 꾹 닫는 키 큰 미국인 청년을 올려다보며 말했다.

"꺼져. 이 여자 건드릴 생각하지 마."

"넌 빠져 있어."

토니는 마리아가 이대로 떠날까 봐 두려워서 더는 말을 하지 못하고 돌아섰다.

베르나르도는 마리아의 손목을 꽉 잡고 끌어당겼다.

"얘기 좀 하자…."

그러자 리프가 앞으로 나섰다.

"…나하고도 얘기 좀 해! 너희가 밖에 나가서 이 문제를 해결할 생각이 있다면…."

그때 머레이 베노위츠가 나섰다. 머레이는 모두의 시선이
자기에게 쏠리도록 악을 쓰며 목소리를 높였다.

"여러분! 지금까지 분위기 좋았잖아. 말썽을 일으키면
무슨 재미가 있겠니? 자, 여기서 즐겁게 놀아도 해로울
거 하나 없어."

그는 오른손을 위로 들어 올려 사회복지사에게 음악을
다시 켜라고 미친 듯이 신호를 보냈다.

"자, 다들 춤추자. 모두를 위해 그렇게 해주면 좋겠구나."

베르나르도는 여동생의 손목을 쥐고 샤크파들이 모여
있는 댄스플로어 한쪽으로 끌고 갔다. 그는 이 자리에서
여동생을 때리지 않으려고 다른 쪽 손을 주머니에 꾹 찔러
넣었다.

이렇게 지독한 배신감을 느껴본 건 처음이었다. 그가 믿고
사랑하는 사람이 그의 등에 칼을 꽂았다. 마리아는 자신이
누굴 위해 이런 짓을 벌였는지 알기는 할까? 웨스트 사이드의
다른 미국인들처럼 푸에르토리코 여자들을 숱하게 농락했을
게 뻔한 저 빌어먹을 폴란드 놈과 엮이다니.

그는 마리아의 손목을 꽉 쥔 채 화를 냈다.

"널 여기로 데려오는 게 아니었어. 저놈들 근처에
가까이 가지 말라고 경고했잖아. 왜 말을 안 들어? 이제

스페인어도 못 알아듣냐?"

마리아는 치노가 건네준 손수건으로 눈가에 맺힌 눈물을 닦았다.

치노가 말리고 나섰다.

"마리아한테 소리 그만 질러, 베르나르도."

"애한테는 소리를 질러야 알아듣지."

그러자 아니타가 마리아의 어깨를 한 팔로 감싸며 말했다.

"그렇게 하면 애를 겁먹게 만들 뿐이야."

베르나르도는 모두에게 경고했다.

"닥쳐. 치노, 마리아를 집으로 데리고 가. 중간에 음료수 사먹겠다고 해도 가게에 들르지 말고 곧장 집으로 가!"

마리아는 손수건을 내리며 애원했다.

"오빠, 제발. 오늘은 내 첫 댄스파티란 말이야. 아까 그 남자와는 아무 말도 하지 않았어…."

"네가 내 여동생인 게 다행인 줄 알아."

베르나르도는 사납게 내뱉었다.

"어서 집으로 데려가, 치노."

더는 할 말이 없었다. 그 자리에서 돌아선 베르나르도는 댄스플로어를 성큼성큼 가로질러 펀치 볼 쪽으로 걸어갔다. 컵을 펀치 볼에 집어넣고 차가운 음료수를 퍼 담아 벌컥벌컥 마셨다. 이대로라면 사태가 악화될 것이다. 이번 참에 아주

끝장을 봐야겠다는 생각이 들면서 신경이 곤두섰다. 화를 내서 마리아를 속상하게 만들기는 했지만 다 여동생이 자초한 일이었다.

베르나르도는 콧구멍을 벌름거리며 제트파를 노려보고 보란 듯이 침을 뱉었다. 개만도 못한 놈들… 더러운 새끼들. 저놈들이 손대는 것은 뭐든 똑같이 더러워지고 만다. 특히 여자들까지 더럽히려 하니 문제다. 저놈들이 푸에르토리코 여자들에게는 절대 손을 대지 못하게 할 것이다. 싸우고 찌르고 죽여서라도 막을 것이다.

제트파 놈들이 저희끼리 모여 서 있었다. 샤크파도 준비가 된 모습이었다. 출입문 쪽에서 치노가 고개를 돌리며 베르나르도에게 손을 흔들었다. 베르나르도는 어서 마리아를 집으로 데려다주라는 뜻으로 고개를 끄덕였다. 베르나르도는 컵에 다시 음료수를 담았다. 이제 심장이 아까처럼 세차게 쿵쾅거리지 않았다. 어느 정도 냉정해졌으니 준비가 된 것이다.

오늘 밤에 마지막 결전을 치르게 돼서 차라리 잘됐다는 생각이 들었다. 월요일 아침이면 이 동네 푸에르토리코인들은 전부 자신 있게 거리를 활보할 수 있게 될 것이다. 저 멀리서 디젤이 리프에게 무어라 지껄이고 있는 모습이 보였다. 두 놈은 토니를 가리키며 유쾌한 손짓을 하고 있었다. 저 덩치 큰 폴란드 놈은 왜 내 여동생을 줄곧 쳐다보고

있는 걸까. 지저분하게 흘끔대거나 우습게 보는 표정은
아니었다. 마리아가 남자들의 그런 시선에 대해 알게 되는 건
안타까웠지만 어쩔 수 없는 일이었다.

베르나르도와 샤크파는 미국인들을 모욕하지 않았다.
미련한 복지사 아저씨가 여는 행사에 장단도 맞춰 주고 미국
여자들과도 춤을 출 생각에 여기 온 것뿐이었다. 그러니
상황이 이렇게 된 것은 그의 탓도, 샤크파 조직원들 탓도
아니었다. 저놈들이 한판 붙고 싶다는 건가? 그거 잘됐다!
베르나르도는 뒤꽁무니나 빼는 남자가 아니었다.

제트파가 싸움을 걸어올 준비를 하고 있다는 소문은
이미 들었다. 베르나르도가 샤크파 조직원들을 댄스파티장에
총집합시킨 것도 그래서였다. 제트파는 베르나르도가 바라던
대로 댄스파티장에 나타났다. 마리아를 댄스파티장에 오게
허락한 건 실수였지만, 마리아가 즐거운 시간을 보내지 못하게
망쳐놓은 건 바로 저 백인들, 저 미국인들이다.

베르나르도는 재킷을 세 번째 단추까지 잠그고 주머니에
두 손을 찔러 넣은 채 댄스플로어를 가로질러 갔다. 그는
리프한테서 열 걸음쯤 떨어진 곳에 멈춰 섰다. 리프 바로 뒤에
서 있던 페페와 인디오, 토로가 그를 주시했다.

"나를 만나러 여기 왔다고 들었는데…"

반짝반짝 광을 낸 구두 끝을 내려다보고 서 있던

리프는 베르나르도의 말에 천천히 고개를 들었다. 리프는
베르나르도의 단단히 매듭지은 넥타이를 쳐다보며 입을
열었다.

"그래, 맞아. 우리 제트파는 너희 작전 팀과 할 말이
있어서 왔어. 너희에게 그런 팀이 있는지는 모르겠지만."

"듣던 중 반가운 소리네."

베르나르도는 약간 뻣뻣하게 허리를 숙이며 조롱하듯
환영의 뜻을 밝혔다. 전쟁에 관해 이야기하면서 신사라면
어떻게 싸워야 하는지 미국인들에게 똑똑히 보여줄 참이었다.

"일단 나가자."

리프가 제안했지만 베르나르도는 아니타와 스텔라,
마르가리타를 비롯한 여자들 쪽을 오른손으로 가리키며
차가운 미소를 지었다.

"우리는 여자들을 팽개쳐두고 떠나지 않아. 한 시간쯤
후에 다시 만나는 게 어때?"

"블록 중간에 있는 사탕 가게 앞에서 볼까?"

"우리 집 근처에 있는 사탕 가게는 왜? 거기까지 가기는
싫어?"

베르나르도는 짧게 웃음을 터뜨리며 말을 이었다.

"커피 팟에서 보자. 거기가 중립 지역이니까. 어딘지는
알지? 어디인지 찾을 수 있게 거기다 악취탄이라도

던져줄까? 커피 팟 주인인 미국인은 싫어하지 않을 것
같은데."

"커피 팟. 알았어. 그 전에 허튼짓은 하지 마."

베르나르도는 샤크파 전원을 향해 엄지를 튕겨 보이며
말했다.

"싸움 규칙이라면 누구보다 잘 알아. 원주민 새끼야."

"안다니 다행이네."

리프는 디젤을 돌아보며 지시했다.

"모두에게 이 말을 전해."

디젤은 엄지와 검지로 동그라미를 만들어 보였다.

"알았어, 대장."

디젤은 베르나르도에게 윙크를 하며 덧붙였다.

"네 주둥이에 주먹을 박아 넣는 순간을 기대하고
있을게."

리프가 디젤에게 명령했다.

"쓸데없는 소리 그만해. 여자들을 집에 데려다줘야 해."

주변을 둘러보던 리프는 출입문을 쳐다보고 있는 토니를
보고 마음이 놓였다. 그는 토니를 부르기 위해 손가락을 딱
소리 나게 튕겼다.

"토니! 이쪽으로 와 봐."

토니가 그의 목소리를 들었는지 알 수 없었다. 제일 친한

친구라고 여겼던 토니는 자신을 부르는 소리를 듣고도 어딘가 고장 난 사람처럼 멍하니 출입문 쪽으로 걸어가기 시작했다. 아무래도 머리에 문제가 생긴 것처럼 보였다.

하지만 그런 생각은 어느 누구에게도 털어놓을 수 없었다. 혹시 모를 문제를 방지하기 위해 리프는 액션과 디젤을 돌아보았다. 그 둘을 무기고로 보내 몇 가지 물건을 꺼내 오도록 해야 했다. 베르나르도가 어떤 식의 싸움을 좋아할지 알 수 없으니 대비하는 차원이었다. 물론 베르나르도는 싸움 취향이 어떻든 반드시 후회하게 될 것이다.

중요한 일부터 하자, 라고 토니는 생각했다. 문화센터 앞 거리로 나선 순간 든 생각이었다. 리프를 비롯한 소년들이 그를 남은 밤 시간 동안 여기 묶어 두지 못하게 일단 문화센터를 떠나야 했다.

그녀의 이름은 마리아였다. 세상에 존재하는 가장 경이로운 소리들로 이루어진 아름다운 이름이었다. 지나치게 요란하지 않은 교회 종소리, 새의 날콤한 지저귐, 연인들의 소곤대는 속삭임, 그가 출근할 때 어머니가 건네는 나긋나긋한 말투 같은 소리들 말이다. 여름 밤하늘의 별들이 오늘따라 더욱 환하게 빛을 발했다.

그토록 찾아 헤맸지만 찾지 못했던 대상이 오늘 밤 그의 눈앞에 나타났다.

그녀는 베르나르도의 여동생이다. 하지만 그게 뭐라고? 물론 안 될 이유야 많다. 이보다 더 안 좋을 수 없는 최악의 조건이기도 했다. 하지만 지금까지 본 영화에서는 가족들이 아무리 반대해도 주인공 여자는 그 남자를 사랑했다. 마리아도 틀림없이 그럴 것이다.

마리아를 다시 만나 속마음을 확인해야 했다. 그녀는 베르나르도의 여동생이니 집이 어디인지는 따로 알아볼 필요도 없었다. 당장 베르나르도의 집 현관문 앞으로 걸어가 초인종을 누르고 마리아 누네즈를 만나러 왔다고 말할 수만 있다면 남은 수명 중 10년을 흔쾌히 내놓을 텐데.

어느 공동주택의 문간 안쪽, 어두컴컴한 그림자 속에 몸을 숨긴 토니는 리프와 제트파 청년들, 그리고 그들의 파트너인 여자들이 지나가는 모습을 바라보았다. 스노우보이가 베르나르도 패거리가 올 때까지 커피 팟에서 커피나 마시자고 떠드는 소리, 그라지엘라가 리프에게 도울 일이 없겠냐고 묻는 소리가 들려왔다.

그라지엘라의 물음에 지타가 대신 대답했다.

"도울 일이야 많지. 우리가 일을 끝내고 올 때까지 기다리셔."

그러자 폴린이 콧방귀를 뀌며 받아쳤다.

"힘이 남아 있기는 할까?"

"자기를 만족시킬 수 있을 만큼은 남아 있을걸."

지타는 이렇게 말하며 폴린의 엉덩이를 잽싸게 쓰다듬었다.

조용히 숨죽이고 있던 토니는 그들이 모퉁이를 돌아가자 비로소 그림자 밖으로 나왔다. 토니는 도로 경계석을 따라 빠른 걸음으로 이동해 베르나르도가 사는 공동주택 앞까지 왔다. 그는 베르나르도의 집이 어디인지 잘 알고 있었다. 6, 7개월 전 제트파와 토니는 베르나르도를 급습해 샤크파 구역 한가운데서 두들겨 팰 계획을 세웠다.

당시 계획에 따르면 토니는 옆 건물을 통해 공동주택 지붕으로 올라간 뒤, 건물 뒤쪽 비상계단으로 내려가 창문을 통해 집 안으로 침입할 작정이었다. 그동안 리프와 디젤을 비롯한 조직원들은 현관문 자물쇠를 부수기로 했었다.

이 구역에 있는 집들은 다 비슷한 구조이니, 비상계단 앞 창문은 침실일 가능성이 높았다. 그게 바로 문제였다. 그녀의 부모님이 저 침실에서 자고 있으면 어떻게 하지?

하지만 그 정도 위험은 감수해야 했다. 토니는 뒷마당으로 이어지는 통로로 살그머니 들어가 정확한 위치를 확인했다.

눈이 어둠에 적응하자 위쪽을 가로지른 빨랫줄과 불규칙적인 패턴으로 걸려 있는 빨래들이 시야에 들어왔다. 이대로는 비상계단에 팔이 닿지 않았다. 그는 가쁜 숨을 몰아쉬며 커다란 쓰레기통을 들어다가 비상계단 사다리 밑에 옮겨 놓았다. 조심스럽게 쓰레기통 뚜껑을 밟고 올라서서 무릎을 굽혔다가 펴며 위로 팔을 뻗었다. 쓰레기통이 옆으로 쓰러지면서 우당탕 소리를 냈지만 고요한 건물 안에서 그런 소리에 잠을 깬 사람은 아마 없을 것이다. 개와 고양이 들이 먹이를 찾으러 돌아다니느라 쓰레기통을 툭하면 엎어 대는 이 동네에서는 익숙한 소음일 테니까.

그는 비상계단 사다리를 붙잡은 손을 조금씩 위로 뻗어 올렸다. 이윽고 무릎이 첫 번째 가로대에 닿았다. 그때부터 빠르게 계단을 올라가 3층 계단참에 이르렀다. 그리고 천천히 올라가기 시작했다.

잠시 후 그는 누네즈의 집 비상계단으로 이어지는 가파른 철 계단 앞에 멈춰 섰다. 여기서 중간까지만 올라가야 하나, 아니면 창문 위로 반 층 더 올라갈까? 최악의 상황이 펼쳐질 경우 지붕과 좀 더 가까운 위치에 있는 것도 괜찮을 듯했다. 그런데 다시 생각해보니 그랬다가는 지붕에서 옴짝달싹 못하게 될 수도 있었다.

지붕보다는 저 아래 어둠 속으로 숨는 편이 도망치는 데 더
유리했다.

별안간 전화 벨소리가 한밤중의 정적을 뒤흔들었다.
마당 건너편 집에서 화장실 변기 물 내리는 소리가 꾸르륵
콸콸 들려오더니 우르릉대는 낡은 파이프 소리로 이어졌다.
뒤쪽 울타리에서는 고양이가 야옹거렸고, 강을 타고 흐르는
바지선은 구슬픈 경적을 울렸다. 어디선가 좀처럼 그치지 않는
아기 울음소리도 들려왔다.

주머니에서 동전 몇 개를 꺼내 들고 짧게 기도한 뒤
창문을 향해 동전 하나를 던졌다. 금속이 유리에 부딪치는,
마치 음악처럼 듣기 좋은 핑 소리가 울려 퍼졌다. 누군가 그
소리를 듣고 어두운 방 안에서 움직이는지 살피기 위해 그는
귀를 쫑긋 세웠다.

그리고 낮게 그녀의 이름을 불렀다.

"마리아, 마리아…."

다음 순간 그는 믿기지가 않아 눈을 껌벅였다. 하얀
형체가 창문 안쪽에 서 있었다. 그 형체가 창문을 좀 더 크게
열었다. 마리아인 것을 확인한 토니는 계단 여섯 칸을 한 번에
세 칸씩 뛰어 올라갔다. 그녀의 이름을 부르려는데 그녀가
손가락을 입술에 가져다 대며 말렸다.

"쉿. 얼른 올라 와. 네 이름이 뭔지 말해줘."

그는 창턱에 무릎을 대고 구부정하게 앉았다.

"토니. 안톤 와이젝이라고도 해. 폴란드 이름이야."

"멋진 이름이네."

그녀는 다시 목소리를 낮추며 말했다.

"이제 가도 돼."

"가라고? 방금 왔잖아. 우리 어디 가서 얘기 좀 하자."

그녀는 여전히 하얀 원피스 차림이었다. 보기 좋게 풀어놓은 머리카락이 얼굴 주변에서 사랑스럽게 물결쳤다.

"너와 얘기하고 싶어서 찾아왔어."

마리아는 고개를 저었다.

"가야 한다니까."

"정말 내가 가면 좋겠어?"

창턱에 앉은 마리아는 긴장된 표정으로 목소리를 낮춰 말했다.

"그럼 아주 조용히 얘기만 해야 해."

토니는 그녀의 손을 잡아 자신의 가슴에 갖다 댔다.

"이 심장을 어떻게 하면 좋지?"

"뛰게 둬야지."

마리아는 별안간 고개를 돌려 집 안을 돌아보았다.

"이제 정말 가는 게 좋겠어. 나르도 오빠가…."

"아직 댄스파티장에 있을 거야."

사실이 아니라서 그는 이 말을 하며 죄책감을 느꼈다.

마리아는 고개를 끄덕였다.

"하지만 곧 아니타 언니를 집에 데려다주러 나올 텐데."

"네 오빠가 아니타를 생각하는 마음이 지금 내가 널
생각하는 마음과 같을까?"

그는 대담하게 물었다.

"아마도."

"그럼 곧장 집으로 오지는 않을걸."

토니는 논리적인 추측을 했다는 생각에 뿌듯했다.

"우리 지붕으로 올라가서 잠깐만 같이 있자. 얘기를
나누고 싶어서 그래. 얘기만 할게. 정말로."

"믿어. 하지만 오빠가 곧 집에 올 거야⋯. 오빠는 왜 널
그렇게 미워할까?"

"그럴 만한 이유가 있어."

그는 댄스파티장에서처럼 그녀의 두 손을 꼭 잡으며 말을
이었다.

"그 이유를 설명해줄게. 제발, 중요한 얘기야. 내가
아래층으로 내려가 너희 집 현관문으로 다시 들어오길
바라지 않는다면, 지붕에서 얘기하게 해줘. 물론 네가
현관문으로 들어오라고 하면 기꺼이 그렇게 할게."

마리아는 고개를 들어 해골처럼 앙상한 비상계단과

지붕으로 연결된 사다리를 올려다보았다.

"나 잡아줄 거지?"

"목숨 걸고 잘 잡아줄게."

그들은 손을 잡고 조용히 비상계단을 올라갔다. 토니는 마리아에게 아래를 내려다보지 말고 위만 보고 계단을 올라가라고 속삭였다. 마리아가 계단을 오르는 동안 그는 반걸음 뒤에서 두 팔로 사다리 양옆을 잡아 그녀를 위한 반원형 보호막을 만들었다.

그들은 한 걸음 한 걸음 위로 올라갔다. 마침내 지붕 난간에 다다른 마리아는 타르지를 깔아놓은 지붕에 올라섰다. 그리고 이 순간을 기념하기 위해 춤을 추듯 서 있는 자리에서 빙글 돌았다.

그의 두 팔은 더없이 강해서 절로 믿음이 갔다. 무서워하지 말라고, 아래를 내려다보지 말고 저 하늘의 별만 올려다보라고, 별들이 그들을 내려다보고 있다고 속삭이는 그의 목소리는 너무나도 부드러웠다.

마리아는 맨발로 달려가 그의 손을 잡았다. 그들은 소리 없이 한 바퀴 돌았다. 그녀의 미리카락이 휘날리며 토니의 얼굴과 입술을 스쳤고 마리아는 웃음을 터뜨리며 그의 품에 안겼다.

"잠시만이야."

"그래, 잠시만."

마리아는 그의 눈을 들여다보고 미소 지으며 말했다.

"일 분은 너무 짧은 것 같아."

"그럼 한 시간으로 하자."

그는 그녀를 마주 보며 웃다가 진지하게 덧붙였다.

"평생이라고 해도 좋아."

마리아는 지금이 몇 시인지 궁금한 듯 밤의 어둠을
향해 귀를 세웠다.

"그건 안 돼."

말은 그렇게 하면서도 마리아는 그의 품에서 벗어날
생각을 하지 않았다.

토니가 말했다.

"난 아침까지 여기 있을 수 있어. 아침이 되면
나를 아래층으로 초대해줘. 같이 아침 먹으면서
어머님과 아버님께도 인사를 드릴게. 두 분이 나를
좋아하실까?"

마리아의 슬픔이 느껴져 마음이 좋지 않았지만, 토니는
현실을 받아들여야 했다. 그래야 앞으로 어떻게 난관을
헤쳐 나갈지 계획을 세울 수 있으니까.

"난 어머님이 벌써 마음에 들어. 네 어머니니까.
아버님도 좋아. 네 아버지니까…"

"난 여동생도 세 명이나 있어."

"좋아. 여동생들도 다 마음에 들어. 네 친구들과
친척들, 그들의 친구와 친척들도 다 좋아. 그리고
그들의…."

"나르도 오빠는 쏙 빼놓네."

토니는 깊은 한숨을 쉬었다.

"베르나르도도 좋아. 네 오빠니까."

"만약 우리 엄마랑 아빠, 여동생들, 나르도 오빠가 내
가족이 아니라면? 그럼 그들을 미워할 거야?"

"마리아, 네가 날 좀 잘 붙잡아 줘. 네가 지금 나한테
요구한 건 내가 지금까지 한 번도 생각 안 해본
것들이야. 그러니 제발, 마리아."

그는 무릎을 굽혀 그녀의 날씬한 허벅지에 머리를
기댔다.

"날 도와줘. 난 널 놓지 않을 거야. 절대 못 놔."

그는 두 팔로 그녀를 감싸 안으며 필사적으로
되풀이했다.

"지금 누가 여기로 올라와서 우릴 보든, 누가 무슨 말을
하든, 어떤 행동을 하든 상관없어. 난 널 절대 놓지
않을 거야."

"토니, 제발 일어서."

마리아는 그의 짧고 뻣뻣한 머리카락에 가볍게 손을 얹었다. 그가 머리를 좀 더 기르면 비단처럼 부드럽고 좋은 감촉일 것 같았다. 마리아가 말했다.

"내가 괜한 걸 물었나 봐."

"아니야, 물어봐줘서 기뻐."

그는 일어서고 싶지 않았지만 서로 눈을 보며 얘기해야 하니 어쩔 수 없었다. 그래야 그녀가 그의 말을 의심하지 않을 것이다.

"누가 올라와서 내 심장을 도려낸다고 해도 상관없어. 네가 내 곁에 없으면 심장은 필요 없으니까."

"그런 말 하지 마."

마리아가 그의 입술에 손가락을 가져다 댔다.

"너 없이는 나도 살고 싶지 않을 거야."

"그건 모르는 거잖아."

"확실해!"

마리아는 두 손으로 그의 얼굴을 잡고 까치발로 서서 입을 맞췄다. 그녀의 키스는 부드러웠고, 상상했던 대로 마법 같았다.

"확실하다고!"

마리아는 그에게 안기며 속삭였다.

"우린 함께 있어야 해. 그러니 지금은 돌아가. 우리가 어떻게 해야 할지 나도 생각해볼게."

그녀는 진지했다. 문득 그녀가 그보다 나이도 많고 훨씬 현명한 사람인 것처럼 느껴졌다. 마리아는 그들이 사는 이곳이 야만스런 황무지나 다름없는 곳임을 잘 알고 있었다. 마리아는 방으로 돌아가 이 상황에 대해 생각을 정리해야 했다. 그녀는 다시 한번 강조했다.

"우리가 생각을 잘 해야 해."

"사다리를 내려갈 때 아래서 잡아줄게. 넌 위만 보고 내려와."

"아래를 보면서 내려가도 하늘만 보일 것 같은데."

"별도 보이겠지."

"달도, 태양도."

"밤인데 어떻게 태양이 보여?"

그는 농담을 하다가 진지하게 물었다.

"내일 만날 수 있을까? 만나서 각자 생각한 내용이랑 앞으로 어떻게 할지에 대해 얘기하고 싶은데. 어디서 보면 돼? 몇 시에?"

"만타니오스 부인이 운영하는 웨딩 숍이 어디 있는지 알지? 나 거기서 일해."

그가 고개를 끄덕이자 마리아가 덧붙였다.

"재봉 일을 하거든."

토니는 그녀의 손을 잡아 뺨에 가져다 댔다.

"바늘에 찔리지 않게 조심해. 다치지 마. 몇 시에 만나러 갈까?"

"여섯 시?"

"그래, 여섯 시. 어떤 이름이 더 마음에 들어? 토니야 안톤이야?"

"둘 다 좋아."

마리아는 잠시 후에 다시 말했다.

"안톤 쪽이 좀 더 시적인 것 같아. 테 아도로(Te adoro), 안톤. 사랑한다는 뜻이야."

그는 오랫동안 사용하지 않은 기본적인 폴란드어를 떠올리려 이마를 손으로 톡톡 치면서 말했다.

"마리아, 야 코함 치엥(ja kocham cie). 폴란드어야. 어감은 별로지만, 이것도 사랑한다는 뜻이야."

"키스해줘. 우리 둘 다 새로운 언어를 배웠네. 둘 다 발음이 아주 좋아."

마리아는 다시 별을 올려다보며 말을 이었다.

"저 위에서도…."

마리아는 환하게 빛나는 별 하나를 손으로 가리키며 말했다.

"지붕 위에 서 있는 남자와 여자가 보이겠지. 우리가

하는 말도 들을 수 있을 거야. 무슨 말을 하는지는 못 알아들어도, 우리가 키스하는 모습을 보면 알 수 있을걸."

"내가 널 사랑한다는 걸 알 수 있겠지."

그는 그녀에게 다가가 입을 맞췄다.

"내가 널 사랑한다는 것도."

마리아도 조용히 말했다. 이내 바람이 두 사람을 휘감아 별이 빛나는 하늘로 올려 보냈다.

마리아는 잠을 자지 않고 오늘 밤 일을 두고두고 곱씹으려 했지만 몇 분 만에 잠에 빠져들고 말았다. 얼마 후, 마리아는 잠에 취한 목소리로 지금 자고 있으니까 방해하지 말고 가라고 중얼거렸다.

그녀의 귀에 대고 누군가 속삭이고 있었다.

"일어나, 마리아. 나 아니타야. 일어나라고!"

두려움이 차가운 손이 되어 목을 움켜쥔 것처럼 마리아는 화들짝 놀라 일어나 앉았다.

"맙소사, 무슨 일이라도 생겼어?"

"아무 일 없어. 베르나르도가 널 지붕으로 데리고 올라 오래. 다들 거기 있어. 치노, 페페, 인디오, 그리고 여자애들도. 대단한 일은 없고 거기서 파티를 할 거야.

왜? 갑자기 파티가 싫어졌어?"

안심이 된 마리아는 하품을 하고 기지개를 켰다. 풀어놓은 머리카락을 손으로 쓸어내리고는 다시 꿈으로 돌아가고 싶어 투덜거렸다.

"자고 있었잖아. 옷도 아직 제대로 못 입었어."

"요즘은 옛날과 다르게 옷 차려 입는 데 일 분도 안 걸리거든."

아니타는 깔깔 웃으며 덧붙였다.

"서둘러. 기다리고 있을게."

"오빠 혹시 화난 거 같아?"

아니타는 입술을 오므리며 어깨를 으쓱했다.

"네 오빠가 언제는 화 안 나 있을 때도 있었니? 마리아, 서둘러 제발. 다른 여자애들이 네 오빠를 채 가려고 벼르고 있다니까. 구두랑 스타킹 걱정은 하지 마. 오래된 플랫슈즈 신으면 돼."

치노는 빈 계란 받침판에 소형 트랜지스터라디오를 올려놓았다. 그들은 신발을 벗고 양말만 신은 채 춤을 추었다. 베르나르도는 난간에 팔꿈치를 얹은 채 담배를 빡빡 피우며 생기 없는 차가운 눈빛으로 주변 도시를 바라보았다.

넓다 못해 광활한 이 도시는 그에게 곁을 내주려 하지 않았다. 이 도시에서 대체 어떤 삶을 꾸려 갈 수 있을까? 그는 딱히 좋아하는 일도 자랑스럽게 여길만한 일도 없었다. 이대로라면 그는 실패자가 될 것이다. 하지만 그의 실패로 인해 고생하게 될 다른 사람들은 어쩌란 말인가.

마리아가 지붕으로 올라와 말을 걸자 베르나르도가 타박했다.

"늦었네. 그 폴란드 놈만 아니면 넌 여기 더 빨리 올라와 있었겠지."

그러자 아니타가 마리아를 두둔하고 나섰다.

"마리아는 자고 있었어. 넌 뭐든 빨리빨리 되기를 바라더라."

"언제부터 그렇게 불만이 많았어?"

베르나르도는 아니타의 가슴을 꼬집으려는 듯 손을 뻗었다가 여동생이 옆에 있는 걸 의식하고 손가락을 튕겨 딱 소리를 내며 말을 이었다.

"얘기 좀 하자, 마리아. 네 오빠로서가 아니라 어른으로서 할 말이 있어."

아니타는 두 팔을 가슴께에 가로질러 팔짱을 끼며 말했다.

"어른은 무슨! 마리아한테 부모님이 있는 게 얼마나

다행인지!"

"이 나라에 대해 마리아보다 모르는 사람이 있을까? 그런
사람 있으면 나와 보라고 해."

"언제부터 그렇게 전문가가 되셨을까?"

콘수엘로와 함께 춤추던 페페가 우뚝 멈춰 서서
아니타에게 말했다.

"나르도한테 맡겨 둬. 그 방면으로는 누구보다 잘 알아."

"그렇게 잘 알면 미국에 대해 책이라도 쓰지 그래? 너희
중에 똑똑한 놈은 한 명도 없어. 이 나라에서는 여자들도
남자들 못지않게 재미있게 살 권리가 있어. 미국에서는
여자들이 마음에 드는 사람과 얼마든지 춤출 수 있다고."

베르나르도가 머리를 숙여 절하는 시늉을 하며 받아쳤다.

"그래? 푸에르토리코가 미국의 일부가 아니라는 듯이
말하네."

"너한테는 아니겠지. 넌 이민자니까. 그리고 내 이름을
여러 가지로 바꿔서 부르지 마. 나는 여기서 이름을
하나로 통일했거든. 마음에 안 들면…."

담배를 옆으로 휙 던진 베르나르도는 오른손으로
아니타의 머리카락을 목 뒷덜미에서부터 휘감아 잡았다.
그리고 손가락을 펴 그녀의 머리를 단단히 붙잡고는 그의
입술을 피하지 못하게 했다.

그렇게 키스를 한 뒤 아니타에게 물었다.

"어때, 좋아?"

아니타는 눈꺼풀을 깜박이며 대답했다.

"좋아."

"그럼 행동 똑바로 해."

그는 아니타를 옆으로 밀치고 치노를 손짓으로 불렀다.

"치노, 아까 집으로 데려왔을 때 내 여동생 상태가
어땠어?"

치노는 쭈뼛쭈뼛 걸어오며 대답했다.

"괜찮았어. 약간 화가 나 있긴 했지만. 아까 그 둘은 그냥
같이 춤춘 게 전부야."

베르나르도의 행동에 화가 난 아니타는 두 손으로 그를
밀치며 말했다.

"질문을 너무 많이 하는 거 아니야? 네가 무슨
경찰이니? 오빠로서 여동생을 걱정하는 것까지는
괜찮아. 하지만 자기 여자 친구에 대해, 그리고 그 여자
친구의 미래에 대해서도 걱정해야 하는 거 아니야?
마리아는 치노한테 맡겨 둬. 부모님도 계시잖아. 그
부모님이 아들은 잘못 키우신 것 같긴 하지만."

아니타는 베르나르도를 노려봤지만, 그의 찌푸린 두
눈이 마음에 들어 배시시 웃고 말았다. 그렇게 눈을 찌푸릴

때면 그는 울적하고 낭만적인 분위기를 풍겼다. 아니타는
계속해서 말했다.

"부모님이 마리아는 잘 키우셨어. 마리아 좀 봐!
여동생에 관해 그렇게 부정적인 생각을 하고 나쁜 말을
한 네 자신이나 부끄럽게 생각해!"

"부모님은 마리아만큼이나 이 나라를 몰라. 부모님은
미국에서 아이나 마찬가지야. 식구들이 다 그래."

"마리아는 춤을 췄을 뿐이야. 다들 아는 사실이잖아."

"춤만 췄을 뿐이라니. 미국인이랑 춤을 췄잖아. 폴란드
출신 백인이랑."

아니타는 베르나르도에게 손가락질을 하며 콧방귀를
뀌었다.

"말을 꼭 저딴 식으로 해요. 정말…."

"지금 너 별로 안 귀여워."

베르나르도가 경고했다.

하지만 베르나르도의 눈을 보면 그가 그녀를 어떻게
생각하는지 알 수 있었기에 아니타는 전혀 주눅 들지 않았다.

"내가 언제부터 안 귀여웠어? 그리고 네가 안 물어봐서
그냥 말하는데, 난 토니가 귀엽다고 생각해. 게다가
토니는 일도 하고 있어."

그러자 치노가 손을 들며 나섰다.

"일이라지만 배달 사원일 뿐이야."

치노는 이 말을 하며 마리아의 눈치를 살폈지만 그녀는
하늘의 별을 올려다보고 있을 뿐이었다. 치노가 말을 이었다.

"배달 사원이 나중에 뭐가 되는지 알지? 고작
심부름꾼일 뿐이야. 네가 궁금해할까 봐 말해주는 거야,
아니타."

치노는 아니타에게 고개를 약간 숙이며 덧붙였다.

"견습사원부터 시작해야 정규직이 될 수 있어. 그래야
정식 노동조합원이 될 수 있다고."

"아, 됐어, 치노."

베르나르도가 성질을 내며 말을 끊었다. 그는 담뱃갑에서
새 담배 한 개비를 꺼내 불을 붙였다.

"그 짜증나는 폴란드 놈은 노동조합에 가입할 생각만
있으면 얼마든지 너보다 앞서서 가입할 수 있어. 너보다
돈도 많이 벌겠지. 미국인이니까."

"그건 사실이 아니야."

마리아는 오빠의 말을 가로막고 나섰다. 그동안
그녀는 입을 다물고 오빠의 이야기를 충분히 들었다. 결국
베르나르도가 토니를 미워한다는 걸 확인했을 뿐이다. 이런
식으로 계속 생각하고 말한다면 오빠는 토니를 더 미워하게
될 것이다.

마리아는 해야 할 일이 많았다. 하지만 가장 중요한 일 중 하나는 자신의 오빠가 남을 지독하게 미워하는 걸 그만두게 하는 일이었다. 베르나르도의 머릿속은 온통 증오와 파괴뿐이었다. 마리아는 푸에르토리코에서 살 때 신부님께 들었던 말씀이 떠올랐다. 칼로 흥한 자는 칼로 망한다는 말씀이었다.

마리아가 말했다.

"토니가 미국에서 태어났다면 폴란드인이 아니야. 미국에서 태어나지 않았더라도 미국에 살고 싶어서 건너왔으면 외국인이 아니라고. 우리처럼 미국인이라고 봐야 해."

베르나르도는 아니타를 비롯한 여자들의 박수 소리가 잦아들기를 기다렸다가 여동생에게 고개를 살짝 숙이며 놀리듯 반박했다.

"사랑하는 마리아, 그렇게 믿고 싶겠지만 그놈은 폴란드인 맞아. 그리고 그놈 머릿속에는 한 가지 생각밖에 없어. 그놈은 푸에르토리코 여자인 너를 쉬운 먹잇감이라고 생각하고 있어!"

아니타는 마리아에게 한쪽 팔을 두르며 소리쳤다.

"썩어 빠진 소리 좀 그만 해! 당장 사과해. 마리아뿐만 아니라 여기 있는 모든 여자들한테."

페페가 물었다.

"무슨 사과?"

아니타는 단호하게 받아쳤다.

"싫으면 관둬. 너희는 아직 모르나 본데, 오늘 밤 우리 여자들은 새로운 사실을 깨달았어."

베르나르도가 물었다.

"무슨 뜻이야?"

아니타는 두 손바닥으로 마리아의 양쪽 귀를 막으며 말했다.

"우리 여자들은 열린 마음으로 미국으로 건너왔어. 그러니 누구랑 자든 그건 우리 자유야!"

그러자 페페가 물었다.

"언제는 안 그랬나?"

아니타는 페페의 뺨을 후려치려 달려들었다.

"이 돼지 새끼가! 넌 조만간 수갑을 차고 푸에르토리코로 돌아가게 될 거야!"

페페는 피식거리며 아니타의 코끝을 검지로 툭 쳤다. 아니타가 후려치려고 두 손을 휘젓자 재빨리 피했다. 샤크파 조직원들과 여자들이 페페와 아니타를 에워싸자 베르나르도는 마리아를 한쪽 옆으로 끌어당겼다. 아니타는 스페인어로 페페에게 악을 써댔다.

그때 갑자기 지붕 문이 열리더니 베르나르도를 부르는 목소리가 들렸다. 아버지였다.

아버지는 가운의 허리끈을 묶으며 다시 그를 불렀다.

"베르나르도? 마리아 너는 자고 있는 줄 알았는데."

베르나르도는 아니타와 페페에게 조용히 하라고 손짓하며 말했다.

"제가 들어오는 소리 못 들으셨어요, 아버지? 저희 여기서 얘기 좀 하고 있었어요. 마리아도 치노를 다시 보고 싶어 할 것 같아서 올라오라고 했고요."

이어서 치노도 말했다.

"맞습니다, 누네즈 씨. 제가 베르나르도한테 마리아도 지붕으로 부르자고 부탁했어요. 신경 쓰지 않으셔도 됩니다. 저희는 여기서 라디오를 들으면서 얘기 중이었어요."

마리아도 맞장구를 쳤다.

"맞아요, 라디오 들으면서 얘기하고 있었어요. 저희가 너무 시끄러웠죠, 아빠?"

누네즈 씨는 하품을 했다.

"그래서 내가 잠이 깼잖니. 오늘 밤은 날씨가 좋구나. 어제보다 시원하네. 지붕에는 얼마나 더 오래 있을 거냐, 베르나르도?"

"지금 내려가려던 참이었어요. 치노가 마리아를 우리 집 현관문까지 바래다줄 거예요. 저희도 여자들을 집에 바래다줄게요. 남자들끼리 커피 팟에서 모일까 하는데 같이 가실래요, 아버지?"

"초대는 고맙다만 시간이 너무 늦었어. 다들 즐거운 밤 보내라."

누네즈 씨는 다시 하품을 하고는 딸을 돌아보며 말했다.

"마리아, 현관문 열어두마."

"제가 들어가서 잠글게요, 아빠."

마리아는 오빠를 돌아보았다. 베르나르도는 이미 등을 돌리고 도시에 깔린 어둠을 응시하고 있었다.

5

너희는
다 겁쟁이들이야

커피 팟은 창문이 하나뿐인 작은 식당이다.
가게 안의 조명을 쓸데없이 환하게 켜놓은 것처럼 보이지만,
알고 보면 경찰차가 지나가면서 가게 내부를 또렷이 훤히 볼
수 있게 해놓은 것이다. 커피 팟이 좀도둑들의 연습 장소로
쓰이는 것에 진절머리가 난 가게 주인이 나름 머리를 썼다.

흰색 에나멜페인트를 칠한 벽에는 기름때가 덕지덕지
묻은 메뉴판이 붙어 있다. 기름때 때문에 가게에서 파는 몇몇
멕시코, 푸에르토리코, 미국 요리 이름이 잘 보이지 않았다.

길쭉한 카운터 앞에는 윗부분이 가죽으로 된 낡은
스툴들이 일렬로 놓였다. 찢어진 가죽 커버 사이로 더러운
솜이 들여다보였다. 지친 카운터 점원은 몽유병 환자 같은

손놀림으로 머그잔을 닦고 있고, 깔끔하게 차려 입은 흑인과 그의 여자 친구는 카운터 앞에 앉아 주크박스에서 흘러나오는 요란한 노래를 듣고 있었다. 그때 리프가 가게 문 손잡이를 돌리고 문을 박차며 안으로 들어왔다. 카운터 점원과 손님 두 명이 고개를 들었다. 흑인 손님은 아무렇지 않게 카운터 너머로 동전을 몇 개 내밀고는 말썽을 피해 여자 친구를 한 팔로 감싸고 가게를 빠져나갔다.

리프는 겁먹은 카운터 점원에게 1달러 지폐를 내밀며 말했다.

"긴장 풀어요. 우리 전부 커피 한 잔씩 주세요. 우리 만나러 온 사람 없었어요?"

카운터 점원은 수년 동안 한 번도 안 닦은 것 같은 길쭉한 주전자 쪽으로 발을 끌며 걸어갔다.

"아무도 없었어, 리프. 얘들아, 난 지금 이렇게 살아 있는 것만으로도 벅찬 사람이야. 골치 아픈 일에 휘말리게 하지 말아줘."

리프는 짜증스럽게 손가락을 튕겨 딱 소리를 냈다.

"커피나 줘요. 크림 설탕 다 넣지 말고요."

베이비 존이 칭얼댔다.

"난 설탕 넣어야 하는데. 달콤한 게 좋단 말이야."

그러자 아이스가 팔꿈치로 베이비 존의 팔을 쳐 카운터

쪽으로 밀쳤다. 팔죽지를 문지르며 스툴에 가 앉은 제트파 막내 베이비 존은 주머니에서 만화책을 꺼내 펼치더니, 눈을 반짝이며 읽기 시작했다. 신참 조직원인 그는 인내심과 입을 닫는 법을 배워야 했다. 지금 이렇게 만화책을 보고 있으면, 눈치가 없어 말귀도 못 알아듣는 멍청이는 아니라는 걸 아이스에게 증명해 보일 수 있을 것이다.

아이스는 금전등록기 위쪽에 걸린 벽시계를 가리키며 물었다.

"놈들은 어디 짱박혀 있지? 작전 회의를 하려면 지금쯤 여기 와 있어야 하잖아."

리프는 카운터 쪽을 흘끗 바라보았다. 깜짝 놀란 점원이 고개를 돌리더니 그들을 예리한 눈빛으로 쳐다보고 있었다.

"아이스, 무슨 농담을 하는 거야? 여기 빨리 커피 줘요. 왜 이렇게 오래 걸려요?"

"곧 나갈 거야. 한 번에 한 잔씩밖에 못 만들어서 그래." 그러자 베이비 존이 말했다.

"슈퍼맨이라면 눈에 안 보일 정도로 엄청 빠르게 모든 컵에 커피를 채울 수 있을 텐데."

마치 그 분야의 권위자처럼 베이비 존이 근엄하게 말을 이었다.

"슈퍼맨의 또 다른 특징이 뭔지 알아? 칼을 안 쓴다는

거야. 광선총도 안 써. 그딴 무기는 슈퍼맨의 적들이나
쓰는 거지. 슈퍼맨은 이거만 써."

베이비 존은 주먹을 쥐어보였다.

에이랩이 흥미를 보이며 끼어들었다.

"설마. 주먹으로 벽 같은 것도 다 두들겨 부순다고?"

"그렇다니까. 배트맨이랑 싸워도 이겨."

베이비 존은 출입문을 가리키며 말했다.

"저기, 흉가에 사는 아줌마가 들어오기 전에 문 잠가야
해."

"다 들었어, 새끼야."

애니바디스가 등 뒤로 문을 세차게 닫으며 말했다.

"나도 너 못지않게 여기 들어올 권리가 있어. 기꺼이
증명해줄 테니까 덤벼."

그러자 리프가 지시했다.

"저쪽에 가서 앉아 있어."

오늘은 머리가 복잡해서 애니바디스를 밖으로 내쫓을
기분이 아니었다. 그는 카운터 점원에게 추가로 주문을
넣었다.

"쟤한테도 커피 줘요."

"그래, 알았어."

카운터 점원은 초조하게 거리를 내다보았다. 망할 경찰들,

필요할 때는 꼭 안 오지. 그는 제트파에게 말했다.

"곧 가게 문을 닫아야 해."

지타는 고개를 절레절레 흔들었다.

"돈 내고 앉아 있는 손님들을 내쫓는 건 불법인데.
아저씨, 왜 그러는 거죠? 우리 태도가 마음에 안 드세요?
커피나 빨랑 주고 우리가 부를 때까지 싱크대 앞에 가
있어요."

"여기서 말썽 나는 꼴은 보고 싶지 않아. 도대체 나한테
왜 이러니?"

"우린 아무 짓도 안 했어요."

리프는 이렇게 말하며 다시 벽시계를 쳐다보았다. 토니는
찾지 못했다. 액션도 아무 말 없이 앞만 쳐다보았다. 상황이
점점 나빠지고 있었다.

"베르나르도가 여기서 만나자고 했어요. 베르나르도
아시죠?"

"조금."

애니바디스가 저쪽에서 목청을 높였다.

"저 아저씨가 그놈을 알면 어쩔 건데."

리프는 손을 들어 애니바디스의 입을 다물게 하고 카운터
점원에게 말했다.

"쟤한테 도넛 같은 거라도 주세요. 며칠 굶기라도 했냐?

집에는 안 들어가니, 애니바디스?"

"안 들어가."

애니바디스가 만화책 속 말풍선의 대화 내용을 옆에서 큰
소리로 읽어대자 베이비 존이 만화책에서 눈을 들고 말했다.

"나가서 네 언니처럼 거리에서 몸이나 팔아."

애니바디스가 베이비 존의 옆통수를 주먹으로 모질게
쥐어박았다.

"어쩔래. 슈퍼맨한테 내가 팼다고 이르지 그래? 슈퍼맨도
똑같이 패줄 테니."

카운터 점원은 마지막 커피를 서빙하고 나서 종이 냅킨에
도넛 하나를 담아 애니바디스의 자리로 밀어주었다.

"60센트 더 줘. 부가세를 깜박하고 말 안했다."

그러자 마우스피스가 1달러 지폐를 확 구겨서 카운터
점원에게 던졌다.

"잔돈은 가져요, 착한 아저씨."

카운터 점원이 말했다.

"밤에 베르나르도가 여기 오는 걸 본 적이 없어. 아마
오늘도 안 올 거야. 가게 주인한테 5달러 빚져서
이곳에는 발을 들여놓지 않는 것 같던데."

리프는 머그잔 가장자리를 후우 불며 대꾸했다.

"올 거예요. 우리가 중요한 회의를 하기로 했는데

베르나르도가 여길 중립 지역으로 선택했거든요. 우린 이 사회에서 푸에르토리코인들이 차지하고 있는 위치에 대해 이야기할 겁니다. 저희랑 같이 얘기하시든지요."

"미안하지만 됐다. 차라리 술 마시고 경찰에게 잡혀가서 부랑자 취급을 받으며 30일 동안 보호소에 처박혀 있고 말지. 모욕하려는 건 아니다만 초대를 거절할 수밖에 없구나. 충고 한마디 해도 될까? 그냥 다 잊고 집으로 돌아가는 건 어떠냐?"

디젤이 두 손으로 귀를 막고 리프에게 물었다.

"안 들려요. 베르나르도가 어떤 무기를 선택할 것 같아?"

리프는 스툴에서 일어나 문을 열러 가면서 대답했다.

"베르나르도 오면 물어봐. 저기 오네."

베이비 존은 만화책을 치웠고 애니바디스는 지저분한 팔꿈치를 카운터에 대고 스툴에 앉은 채 문 쪽으로 몸을 돌렸다. 리프는 과장되게 예의를 차리며 문을 활짝 열고 베르나르도를 비롯한 샤크파 조직원들을 맞아들였다.

가게 안을 둘러본 베르나르도는 저들이 기습하려는 분위기는 아니라는 걸 확신하고는 어깨를 움직여 조직원들을 작은 식당 안으로 따라 들어오게 했다.

"오래 기다린 건 아니지?"

베르나르도는 침묵을 깨며 리프에게 말했다.

"기다리는 게 어쩌나 재미있던지. 커피 마실래?"

"바로 본론으로 들어가자."

리프는 벽시계를 올려다보고는 액션을 바라보며 말했다.

"베르나르도가 품위 있게 살기 위한 절차가 있다는 걸 아직 못 배웠나 봐."

그러자 베르나르도가 받아쳤다.

"개소리 마. 난 저 아저씨도 마음에 안 들어."

베르나르도는 카운터 점원에게 말했다.

"가게 조명등 좀 끄고 뒷방에 가 있어요."

"가게 안에서 말썽 나는 건 진짜 싫어."

카운터 점원이 또 반발했다.

짜증이 난 리프는 베르나르도만큼 거칠다는 걸 보여주고 싶었다. 그래서 카운터를 돌아가 조명등 스위치를 딸깍 눌러 끈 뒤 카운터 점원을 뒷방 쪽으로 떠밀었다.

"열심히 일했으니까 저기 들어가서 좀 쉬어요. 우린 이 가게를 때려 부술 생각이 없어요. 아저씨야말로 우릴 말썽에 휘말리게 하지 말아요. 전화기 가까이 갈 생각도 하지 말고요!"

"공중전화는 가게 앞에 있어. 부탁 좀 하자. 여기서 말썽을 일으키지 않겠다고 약속해 줘."

리프는 대꾸도 하지 않고 가게 앞문으로 돌아가 단단히

문단속을 하면서 거리를 다시 한번 내다보았다. 토니는
코빼기도 보이지 않았다. 베르나르도가 오늘 밤에 붙자고
하려나? 하면 하는 거지 뭐.

"베르나르도, 한번 제대로 붙어보자. 전면전으로."

"좋아."

베르나르도는 동의를 표하는 목소리가 잦아들기를
기다렸다가 물었다.

"싸움의 조건은?"

리프는 두 손을 팔짝 펼치며 대답했다.

"조건은 너희가 정해. 우리가 맞춰줄 테니까."

페페가 나섰다.

"싸우자는 말을 먼저 꺼낸 건 너희잖아."

그러자 리프는 페페와 니블스를 쳐다보며 말했다.

"너희 두 놈 때문에라도 우린 결말을 지어야 해. 너희
두 놈이 비겁하게 영화관에서 우리 애를 기습했잖아.
우린 너희가 그 녀석을 변기에 처박고 때린 걸 용서할 수
없어."

베르나르도는 미소를 지었다.

"목욕 좀 시켜준 걸 가지고 뭘 그래. 우리가 걔한테
은혜를 베푼 건데. 내가 여기로 이사 온 첫날 나한테 덤벼
든 놈이 누구였더라?"

"누가 너한테 이 동네로 이사 오랬어?"

"우리 부모님이 그러라고 하셨어. 너도 마찬가지 아냐?"

그러자 카운터 앞에 앉아 있던 액션이 목청을 높였다.

"스페인어 쓰는 이 더러운 새끼가. 이번 기회에 우리가 예의를 가르쳐줄 테니까 똑바로 배우도록 해!"

다리를 벌리고 자세를 잡은 베르나르도는 금방이라도 싸울 기세로 대꾸했다.

"기다리고 있었다. 이 병신 같은 아일랜드 놈아. 그런데 별로 잘 가르쳐줄 것 같지는 않은데."

리프가 그들 사이를 막고 나섰다.

"됐어. 싸울 거야 말 거야."

베르나르도가 대답했다.

"싸울 거니까 시간 정해."

"네가 정해."

베르나르도는 잠시 생각을 한 후 제안했다.

"내일 밤 어때?"

"좋아!"

리프는 흔쾌히 대답했다. 이제 토니를 찾아야 한다. 싸울 약속을 정하고 제트파 조직원들에게 진정한 대장으로서의 모습을 보여주기 위해 리프는 베르나르도에게 손을 내밀며 물었다.

"장소는? 공원이나 강변?"

베르나르도는 리프의 손을 잡고 악수를 하며 제안했다.

"고속도로 아래 공터는 어때?"

장소가 마음에 든 리프는 고개를 끄덕이며 물었다.

"무기는?"

"마음대로 정해."

제트파가 뭘 들어 던지든 샤크파는 준비가 돼 있다는 말을 하려던 베르나르도는 식당 문 앞에 서 있는 누군가를 발견했다. 그의 여동생과 춤을 춘 혐오스런 폴란드 놈이었다. 베르나르도는 문을 열고 토니를 안으로 들어오게 하면서 제트파에게 말했다.

"너희들 두목 오셨다."

리프의 약을 올리려고 한 말인데 효과가 있었다. 베르나르도는 토니에게 물었다.

"우리가 하던 얘기 들려줘?"

토니는 식당 창밖 너머, 한 블록쯤 떨어진 곳에서 깜박거리는 신호등을 쳐다보았다. 마치 위험을 경고하면서 천천히 반응하라고 알려주듯 빨간 불이 들어와 있었다. 블록 끝 쪽에서는 망가진 네온사인이 발작적으로 탁탁 소리를 냈고, 지나가는 자동차에서 날카롭게 터져 나오는 웃음소리가 거리의 정적을 한 번씩 깨고 있었다.

"그럴 필요 없어. 난 뭘 가지고 싸울 것인지에만 관심 있으니까."

리프는 토니에게 배짱 좋은 모습으로 보이고 싶어 호기롭게 말했다.

"칼이나 총으로 싸울 거야."

"그럴 줄 알았다. 겁쟁이들 싸움이 그렇지."

토니의 말에 액션이 앞으로 나오더니 턱을 치켜 들고 대들었다.

"누구더러 겁쟁이래? 다시 한번 말해 봐."

베르나르도는 토니를 마주 보고 서서 말했다.

"같은 쫌생이라서 잘 아나 본데 그래도 우리한테는 할 말 없을걸."

아까까지만 해도 토니는 제트파를 대면하지 않으려고 몸을 숨기고 있었다. 그러나 지금은 저들이 이해할 수 없는 여러 가지 이유로 제트파를 만나러 왔다. 마리아를 위해서이기도 하고 베르나르도를 위한 일이기도 했다. 가능하다면 베르나르도에게 증명하고 싶은 것이 있었다. 그는 마리아를 만날 권리가 있고, 샤크파와 전쟁을 하고 싶지 않아서 제트파를 떠났다는 것, 그리고 누군가를 사랑하는 게 어떤 것인지 알 만큼 성장한 어른이라는 것을.

토니가 다시 입을 열었다.

"너희는 다 겁쟁이들이야. 칼이나 총을 들고 싸우겠다고?
맨주먹으로 맞붙어 싸우는 건 겁나서 못하겠냐?"

토니는 그들에게 관절이 하얗게 질리도록 모아 쥔 주먹을
보여주며 덧붙였다.

"맨손으로는 질 것 같아 무서워서 못 싸우겠어?"

베이비 존이 물었다.

"맨주먹으로 싸우는 패싸움이 어디 있어? 돌멩이라도
던져야지."

리프가 토니에게 설명했다.

"우리가 쟤들한테 무기를 고르라고 했어. 우린
맨주먹으로 싸울 거야. 쟤들 무기는 쟤들이 알아서
하겠지."

토니는 심리적으로 우위에 있을 때 하려던 얘기를 마저
하기로 했다.

"양쪽 다 잘 생각해. 공정하게 싸워야 문제가 해결돼.
그것도 배짱이 있어야 가능하겠지. 양쪽 대표 한 명씩
나와서 맨주먹으로 붙는 건 어때?"

베르나르도는 토니가 제트파 쪽 선수로 나오길 기대하며
재빨리 말했다.

"좋아! 공정하게 싸워 보자."

페페가 당황한 목소리로 물었다.

"나르도, 그럼 우리는 앉아서 구경만 하라고?"

액션도 카운터에 빈 커피 머그잔을 탕 소리가 나게
내려치며 외쳤다.

"나도 우두커니 서서 구경만 하는 건 싫어! 난 그런 놈이
아니야!"

"결정은 대장이 하는 거야."

리프는 액션을 타이른 뒤 베르나르도를 돌아보며 말했다.

"좋아. 공정하게 싸우자. 악수로 정할까?"

"두 번 악수는 안 해. 내 뜻은 확실히 전했어. 지금 바로
싸워도 돼. 굳이 내일 밤까지 기다릴 것도 없어."

베르나르도는 토니를 바라보며 말했다.

"고속도로 아래에서 네 놈이 오길 기다리고 있으마."

그러자 리프는 디젤에게 손짓을 해 앞으로 나오게 했다.

"정정할 게 있어. 이 친구가 우리 선수야. 그리고 우린
오늘 밤보다 내일 밤이 편해."

베르나르도는 실망감을 감추지 못하고 토니를 가리키며
말했다.

"하지만 내 생각에는…."

리프가 그의 말을 자르면서 물었다.

"너희 쪽 선수는 누구야?"

"나. 내가 샤크파를 대표해서 나선다."

베르나르도는 이렇게 대답하며 토니를 쏘아보았다. 그는 마리아와 치노의 결혼을 계획보다 빨리 진행해야겠다고 생각했다.

디젤은 두 손을 머리 위로 올려 박수를 치며 말했다.

"이거 영광스러워서 몸 둘 바를 모르겠네."

리프가 베르나르도에게 말했다.

"너는 내가 청한 악수를 거부했어. 뒤로 빠지겠다는 뜻은 아니겠지?"

그러자 액션이 샤크파의 주목을 끌기 위해 앞으로 나서며 주절거렸다.

"이봐, 베르나르도. 마음이 바뀌었으면 들어줄 테니까 얘기해 봐."

리프가 재빨리 나섰다.

"입 닫아, 액션. 저기 잘나신 분 오셨다. 문 열어 드려."

슈랭크 형사가 제 집처럼 느긋하게 식당으로 들어왔다. 뒷방에 가 있던 카운터 점원이 청년들을 울적한 표정으로 쳐다보다가 슈랭크에게 시선을 옮기며 말했다.

"좋은 저녁입니다, 슈랭크 형사님. 얘들이 자리를 정리하면 가게 문을 닫을 겁니다."

카운터 너머로 몸을 기울인 슈랭크는 카운터 점원의 셔츠 주머니에서 담뱃갑을 꺼냈다.

"괜찮지?"

"그러세요. 제 인생이 그렇죠 뭐."

슈랭크는 담배에 천천히 불을 붙여 몇 번 세게 빨고 난 뒤 불 꺼진 성냥을 제일 가까이에 있는 머그잔에 던져 넣었다. 타이거의 커피 잔이었다.

"난 원래 취조실에서만 담배 피우는 걸 원칙으로 하는데 말이야. 잡종들이 모여 있는 곳에 왔더니 안 피울 수가 없는데, 리프."

울컥한 베르나르도가 덤벼들려 하자 리프가 저지했다. 슈랭크는 그 모습을 빤히 쳐다보았다. 머레이가 한 말이 사실인 듯했다. 그는 소년들이 싸움판을 벌일 목적으로 여기서 작전 회의를 할 거라고 슈랭크에게 일러주었다.

슈랭크는 베르나르도에게 유쾌한 목소리로 말했다.

"여기서 다 나가, 스페인어 쓰는 것들아. 여긴 자유 국가니 내가 너희에게 나가라고 명령할 권한은 없다고 하겠지. 하지만 난 경찰 배지가 있어. 법정에 끌려가고 싶지 않으면 내가 시키는 대로 해."

슈랭크는 담배로 문을 가리켰다.

"꺼지라고. 이 거리에서 영영 꺼지라는 뜻이야."

슈랭크가 지켜보는 가운데 샤크파는 차갑게 침묵하며 가게 밖으로 나갔고, 베르나르도를 중심으로 둘러섰다.

크럽키가 경찰차에서 내리자 샤크파는 비로소 사방으로 흩어졌다. 누구 하나를 따라가 붙잡을 수 없는 상황이 되자 슈랭크는 크럽키에게 운전석에서 기다리라는 손짓을 했다.

"좋아, 리프. 어디서 싸우기로 했냐?"

슈랭크는 잠시 입을 닫고 대답을 기다렸다. 청년 몇 명에게 대답을 요구하며 고갯짓을 했지만 다들 시선을 피하며 고개를 돌렸다. 베이비 존과 애니바디스에게 한 걸음 다가가자 그 둘은 만화책을 보느라 정신없는 척했다.

"야, 싸움판을 벌일 생각이 아니면 평범한 미국인이 저놈들과 만날 일이 뭐가 있겠어. 싸우기로 한 장소가 어디야? 강변이야? 공원이야?"

그의 목소리에 점점 더 독기가 서리기 시작했다.

"난 너희 편이야. 이 동네를 깨끗하게 청소하고 싶어. 너희도 그렇잖아. 서로 돕는 게 어때? 어디서 싸우기로 했냐? 놀이터? 스위니 중고차 주차장?"

슈랭크는 또 다른 결투 장소를 언급한 후 대답을 기다렸지만, 아무도 대답하지 않자 벌컥 화를 냈다.

"이 더러운 깡패 새끼들아. 당장 경찰서에 끌려가서 대가리가 곤죽이 되게 맞아 봐야 정신 차릴래! 허세나 떨어대는 이민자 쓰레기들아! 에이랩! 네 아버지 요즘도 술에 절어 사시냐? 액션, 네 엄마는 잘 주무시고?"

슈랭크는 차고 있던 곤봉을 향해 오른손을 뻗으며 발꿈치를 바닥에 딛고 가볍게 몸을 돌렸다. 액션이 날뛰며 당장이라도 달려들 태세였지만 리프와 지타가 나서서 붙잡았다.

그 모습을 본 슈랭크가 말했다.

"잡지 말고 놔줘. 놔주라고. 조만간 말릴 사람도 없어질 텐데 말이야."

슈랭크는 곤봉에 손을 올리고 청년들을 쏘아보다가 문 쪽으로 향했다.

"너희들이 어디서 싸울지 내가 알아내고 만다. 내가 거기 가기 전에 싸움을 끝내는 게 좋을 거야. 안 그랬다가는 내가 가서 끝장을 내줄 테니까."

제트파는 경찰차가 떠나기를 기다렸다가 식당을 나섰다. 문을 나서기 전에 리프는 토니가 따라오길 기다렸다. 하지만 토니는 생각에 잠긴 표정으로 두 손을 깍지 낀 채 지저분한 카운터 앞에 앉아 있을 뿐이었다.

"가자, 토니."

토니는 가만히 앉아 있다가 천천히 의자에서 몸을 돌렸다.

"왜 베르나르도와 싸우지 못하게 했어?"

"디젤은 얼마든지 비열하게 싸울 수 있는 놈이야.

하지만 토니 너는, 내가 요즘은 널 잘 모르겠거든. 게다가…."

"게다가 뭐?"

"일대일 대결이야. 디젤은 소모품일 뿐이고. 베르나르도 잘 알잖아. 난 그 또라이 새끼 안 믿어."

리프는 인상을 쓰며 오른손을 내려다보다가 오른손바닥을 바지에 대고 문질러 닦았다.

"내가 저것들, 아니 베르나르도와 악수를 했다는 게 상상이 돼?"

"상상되지."

리프는 화를 참으며 말했다.

"한 가지 이유가 더 있어, 토니. 넌 내 친구야. 네가 다치는 걸 보고 싶지 않아. 하지만 디젤이 맞고 뻗으면 네가 나서야 해. 해줄 거지?"

"됐어."

리프는 고개를 옆으로 약간 기울이며 물었다.

"친구로서 하나만 더 묻자. 베르나르도 여동생은 어때? 걔랑 잘 거냐? 그러면 베르나르도한테 멋지게 한 방 먹이는 건데."

리프는 오른손으로 음란한 손짓을 해보였다.

"너나 베르나르도나 둘 다 답 없는 놈들이지만, 그래도

160

베르나르도가 너보다는 나아."

"너 뭐 잘못 먹었어? 우리랑 다시는 안 볼 거야?"

스툴에서 일어선 토니가 떨리는 목소리로 말했다.

"마음대로 생각해. 슈랭크 형사한테 말해서 너희를
두들겨 패게 만들기 전에 이 가게에서 꺼져."

6

우린
싸우지 않아도
돼

"괜찮니, 안톤?"

주방 창문 앞 의자에 앉은 와이젝 부인이 물었다.

욕실에서 면도 중이던 토니는 주방 쪽을 내다보며
어머니에게 윙크했다. 턱과 양쪽 귀 주변에 비누 거품이 묻어
있었다.

"그럼요, 괜찮죠. 면도할 때 어머니가 그렇게 소리
지르시는 것만 빼면요."

그는 안전면도기를 들어 보였다.

"이게 좀 날카로워서 조심해야 해요."

어머니가 찬물이 담긴 대야에 담근 발을 이리저리
움직이며 말했다.

"미안. 이 더운 날씨에 하루 종일 일하고 온 네가
걱정돼서 한 말이야."

"괜찮아요. 살 안 찌고 좋죠, 뭐."

와이젝 부인은 아들을 바라보며 미소 지었다. 오랫동안
낯선 사람처럼 굴어 애를 태웠던 아들이 예전의 착한
모습으로 돌아왔다. 무슨 이유 때문에 하루아침에 변했는지
물어볼 엄두도 낼 수 없었다. 하지만 지난 5개월 아니 거의
6개월 동안 일요일마다 해왔던 대로, 그녀는 내일도 교회에
가서 착한 아들로 돌아오게 해주셔서 감사 드린다는 기도를
올릴 것이다.

남편이 살아서 아들의 기특한 변화를 봤다면 좋았을
텐데. 하지만 남편은 너무나도 젊은 나이에 타라와 섬에서
세상을 떠났다. 그때 안톤은 겨우 젖먹이였다. 그때도 와이젝
부인은 아들은 물론 이 거친 동네의 소년들이 왜 죄다
백수건달이 되는지 이해하기 힘들었다. 그때 느낀 당혹스럽고
두렵고 혼란스러운 감정을 함께 얘기할 사람조차 없었다.

그러던 어느 날 말썽만 피우던 안톤이 변했다. 그녀가
늘 바라왔던 듬직한 아들로 돌아온 것이다. 어렸을 때부터
그녀가 알고 있던 아들, 침대에 누워 비통한 눈물로 베개를
적시며 제발 다시 돌아와 달라고 애원했던 그런 아들의
모습으로 돌아온 것이다. 한때 아들은 걱정스러울 정도로

낯설고 위험한 사람으로 변했었다. 그럼에도 그녀는 아들이
거리 생활에 지쳐 돌아왔을 때 따뜻하게 맞아주기 위해
꿋꿋이 집을 지켰다. 변화의 원인이 그녀의 기도였는지
안톤에게 생긴 어떤 일 때문인지는 모르지만 새롭게 맞이한
하루하루 매 순간마다 그녀는 그저 감사할 따름이었다.

와이젝 부인은 안톤이 식탁 위에 올려놓은 작은 선풍기를
바라보았다. 선풍기 모터가 돌아가는 위잉 소리가 마음에 들어
고개를 끄덕였다. 약하지만 시원한 바람이 주방을 가로질러
불어왔다. 선풍기 바람을 쐬며 찬물에 발을 담그고 있으니
편안하고 행복했다.

"밤에 나가기 전에 시원한 음료 같이 마실래?"

"그럴게요, 어머니. 옷부터 갈아입고요. 지금 몇 시예요?"

"8시 반 다 됐어."

와이젝 부인은 오른손으로 선풍기의 시원한 바람을
맞아들였다.

"정말 편하구나."

"잘 됐네요."

토니는 어머니에게 윙크를 했다.

"저 면도 좀 마무리할게요."

"그래, 안톤. 조심해. 날에 베이지 말고."

욕실 안의 열기로 거울이 부옇게 흐려졌다. 토니는 손날로

거울의 습기를 깨끗하게 닦고 앞으로 몸을 기울였다. 면도할 때 종종 놓치곤 하는 부위를 깔끔하게 밀기 위해 입꼬리 한쪽을 비틀어 올렸다. 면도날에 미지근한 물을 부으며 거울 속에 비친 자신의 모습을 보며 인상을 썼다. 자그마한 욕실 세면대 가장자리를 두 손으로 잡으며 생각했다. 오늘 밤 어떤 일이 펼쳐질까? 쉽게 답하기 힘든 질문이었다. 그는 마리아와의 만남을 다시 떠올렸다.

마리아의 이름을 조용히 불러보았다. 그녀의 이름을 부를 때의 입 모양을 가만히 살펴보았다. 마리아는 태양, 달, 별, 사랑과 잘 어울리는 좋은 이름이었다.

하지만 아무리 애를 써도, 마리아를 생각하는 중간중간 제트파와 샤크파 일이 자꾸만 머릿속을 어지럽혔다. 그날 오후 3시에 베이비 존이 새 만화책을 사러 가게에 들어와서는 제트파를 대표해서 하는 말이라며 토니가 다시 제트파로 돌아오면 좋겠다는 말을 전했다. 리프가 토니를 베르나르도와 맞서 싸울 선수로 선택하지는 않았지만, 리프는 토니가 밤 9시까지 고속도로 아래 공터로 올 거라는 걸 믿고 있다고 했다.

베이비 존은 자랑스럽게 떠들었다.

"내가 가게에서 얼음송곳 하나를 훔쳤거든. 칼집도 만들었어. 그 칼집에 송곳을 넣어서 목 뒤쪽에 숨겨둘

거야. 디젤이 베르나르도를 패고 있는 동안 재수

없는 샤크파 놈들이 비겁하게 덤비려고 하면 맛을

보여줘야지. 난 개인적으로 페페와 니블스에게 송곳

맛을 보여줄 생각이야."

베이비 존은 귓불에 난 상처 딱지를 손으로 만지작거렸다.

"그 두 놈들 귓불에 구멍을 뚫어서 자기네 여친들처럼

귀고리를 하고 다니게 만들어야지."

토니는 베이비 존에게 시원한 음료수 한 병을 공짜로

내주면서 밤에 결투 장소에 가지 말라고 조언했다. 하지만

베이비 존은 말을 듣지 않을 것이다. 대신 제트파에게 달려가

토니가 했던 말을 떠벌리겠지. 그들 중 몇 명, 특히 액션과

디젤은 토니가 완전 쫄아서 못 오는 거라고 이죽거릴 것이다.

좋든 싫든 리프의 입장이 곤란해질 테니 결투 장소에 가볼

수밖에 없었다.

오후 5시, 토니는 50시간 근무에 대한 급료

50달러를 닥에게 받았다. 그 돈으로 선풍기를 도매가로 사

들고 집으로 달려와 후딱 목욕부터 했다. 가게 지하실 청소를

했더니 땀이 잔뜩 났다. 어머니에게는 별로 배가 고프지 않고

너무 더워서 입맛도 없다면서 좀 나갔다 오겠다고 말했다.

오후 5시 반, 토니는 웨딩 숍 맞은편의 어느 공동주택

문 뒤에 몸을 숨기고 웨딩 숍 안의 동정을 살폈다. 얼마 후 웨딩 숍 주인이 가게를 나서는 모습이 보였다. 6시를 몇 분 남겨둔 시각에 베르나르도의 여친 아니타가 가게 밖으로 나왔다가 다시 돌아서더니 가게 문을 두드렸다. 다시 가게로 들어가려나 싶어 토니는 조바심이 났다. 마리아가 문을 열어주었고 다행히 잠시 후 아니타는 웨딩 숍을 떠났다.

토니는 심장이 너무 빨리 뛰어서 쿵쿵 소리가 귓속을 가득 채울 지경이었다. 그는 가게 뒷문으로 달려갔다.

어젯밤 그와 함께 바람을 타고 날 듯 춤을 추었던 소녀가 그를 기다리고 있었다. 소녀는 그에게 손을 내밀었고 그는 소녀가 이끄는 대로 가게 안으로 들어갔다. 토니가 말했다.

"저녁 6시가 되기를 기다리느라 목이 빠지는 줄 알았어."

"나도 계속 시계를 쳐다봤어. 시계 분침이 안 움직이는 것 같더라."

"내 기분도 그랬어."

토니는 가게 안을 둘러보며 덧붙였다.

"가게 안은 별로 안 덥네."

"만타니오스 부인도 그렇게 말씀하셨어. 집보다 가게가 더 시원하대. 부인이 집에 안 가시는 줄 알았지 뭐야."

토니는 하얀 비단 조각을 손가락으로 문질렀다.

"결국 가셨구나. 또 다른 여자가 가게를 나섰다가 다시
들어가는 걸 봤어."

"아니타?"

"그 이름이 맞을 거야. 베르나르도의 여자 친구."

"맞아, 아니타. 아니타가 같이 집에 가자고 했어."

마리아는 아니타 흉내를 내며 두 팔을 크게 벌렸다.

"아니타가 부인을 뭐라고 부르는지 알아?"

"할머니?"

"그렇게도 부르지만 다른 별명도 있어. 브루하(bruja)."

"무슨 뜻이야?"

마리아는 깔깔 웃으며 대답했다.

"마녀."

"그렇게 나쁜 별명도 아니네. 하지만 그 부인을 태우고
다닐 만큼 튼튼한 빗자루가 있을지는 모르겠다."

마리아는 쿡쿡 웃었다.

"아니타한테 꼭 얘기 해줘야지. 아니타가 자기 집에 놀러
오라고 했어…"

마리아는 잠시 생각에 잠겼다가 덧붙였다.

"…거품 목욕 시켜준다고 그랬거든."

"오늘 닥이 가게에서 거품 목욕제를 엄청 많이 팔았어.
너한테 선물로 가져올 걸 그랬다. 아니타는 어떤 향을

써?"

"흑난초 향."

그 이름은 마리아에게 어울리지 않는 것 같아 토니는
고개를 저었다.

"가게에 그것보다 훨씬 좋은 게 많아. 내일 몇 개
가져다줄게. 그거랑 다른 것들도 같이."

"그러지 마, 안톤."

"왜?"

고개를 돌린 마리아는 재단용 소탁자에 놓인 패턴을
곰곰이 들여다보았다.

"아니타가 집에 가서 예쁘게 꾸민 다음 오빠를 유혹할
거라고 했어."

"그래서?"

마리아는 입을 비쭉거리며 그를 돌아보았다.

"싸우고 돌아올 베르나르도 오빠를 위해서 그렇게
하겠다는 거야. 대체 왜 싸움을 못해서 안달들이냐고
물어봤더니 아니타가 뭐라고 했는지 알아? 남자들은
흥분을 느끼고 싶어서 싸움을 한대. 그 흥분감은
춤이나…"

그녀는 멈칫하며 얼굴을 붉혔다.

"…여자를 통해 느끼는 것보다 훨씬 크다고 했어.

아니타는 오빠가 싸우고 돌아온 날은 기운이 넘치니까
흑난초 향 거품 목욕제를 사용할 필요도 없다고 했어.
네가 여기 오기로 한 걸 아니타도 알고 있어. 아니타를
먼저 보내려고 어쩔 수 없이 사실대로 말했거든."

토니는 진지하게 말했다.

"그래? 아니타가 뭐래?"

"너랑 나… 둘 다 미쳤대. 제정신이 아니래."

"너희 오빠만큼이나 아니타도 내가 널 만나는 걸
질색해?"

마리아는 고개를 저었다. 그리고 지금 하는 말은 아니타의
의견일 뿐이지 본인은 전혀 개의치 않는다고 했다.

"아니타 말이 우리가 사귈 수 있을 거라고 생각하고
있다면 완전히 머리가 돈 거래. 불가능할 거라고 했어."

"아니타 생각이 틀렸는지 확인해볼까?"

"아니타는 우리 편이야. 우릴 걱정하는 거야."

"너랑 나 우리 둘은 아무도 못 건드려. 이유를 말해줄게."

토니는 갑자기 땀으로 촉촉해진 손을 그녀의 어깨에 살짝
올려놓고 고개를 돌려 그녀의 눈을 똑바로 들여다보았다.

"우리는 구름 위에 살고 있거든. 그런 종류의 마법은
아무나 쉽게 풀 수 없어."

마리아는 몸서리를 치며 반박했다.

"사악한 마법도 있잖아. 안톤 아니 토니, 난 꼭

알아야겠어. 진실을 말해줄 거지?"

"지금도 그렇지만 나는 평생 너에겐 진실만을 말할

거야."

"너도 싸우러 갈 거야?"

토니는 숨을 후우 내쉬며 고개를 저었다.

"네가 물어보기 전까지 확신을 못하고 있었어. 갈까 말까

갈팡질팡했거든. 하지만 이제 아니야. 안 갈게. 오늘 밤에

내가 할 일은 집으로 가서 옷을 갈아입고 널 만나러 가는

것뿐이야."

"네가 오기 전에 나도 엄마 아빠한테 말할 거야. 그렇게

할 테니까 넌 가서 싸움을 말려."

"말렸어. 어젯밤에. 잘 얘기해서 무기 없이 맨주먹으로

싸우게 했으니까, 베르나르도도 크게 다치지는 않을

거야."

마리아는 계속 고개를 저었다.

"그게 아니라. 아예 못 싸우게 해야 해. 싸움이 나면

우리가 힘들어져."

"마리아, 내가 이 동네에 너보다 오래 살았잖아. 그래서

말인데…"

떨고 있는 마리아를 보면서 토니는 멈칫했다. 머릿속이

혼란스러웠다.

"그러니까 내 말은, 그 싸움은 우리와는 상관없어.
우리한테는 절대 아무 일 없을 거야. 그러니까 신경 쓰지
말고 다시 웃어줘. 제발."

"네가 나서서 싸움을 말린다면 그건 나 혼자만을 위한
일이 아니라 우리 모두를 위한 일이야. 그러니까 꼭
말려야 해."

"우리를 위해 네가 하는 부탁이니까 그렇게 할게."

마리아는 그의 손을 꼭 잡으며 고마움을 표했다.

"그렇게 해줄 거야? 정말이지?"

"맨주먹 싸움도 안 했으면 좋겠다는 거잖아. 그럼 못
싸우게 해야지. 말만 해. 내가 뭐든 다 해줄게."

그는 호언장담을 했다.

마리아는 경외의 눈빛으로 토니를 올려다보며 그의 손을
잡았다.

"믿을게. 넌 마법의 힘을 가지고 있잖아."

토니는 마리아를 가까이 끌어당겨 다시 품에 안았다.
그녀는 열기 때문에 지친 듯 그의 어깨에 머리를 기댔다.

"어제 그 하얀 원피스 다시 입어줄 수 있어? 어제는
자세히 볼 틈이 없었어."

"하얀 원피스?"

"응. 하얀 원피스."

그녀의 이름을 나직하게 부르는 그의 입술이 마리아의 귓가를 스쳤다.

"이따 너희 집으로 데리러 갈 테니까 오늘 밤에도 날 위해 입어 줘."

마리아는 놀란 표정이었다.

"우리 집으로 오면 안 돼! 우리 엄마가…"

"…이제 그분은 우리 어머니야. 내가 너희 어머니를 먼저 만나고 나서 집에 초대할 테니까 어머니 모시고 우리 집으로 가자. 나도 어머니가 계셔. 아버지는 오래 전에 돌아가셨지만."

"유감이야, 안톤."

마리아는 뒤로 물러나 앉았다. 토니는 마지못해 그녀를 품에서 놓아주었다. 마리아가 주저하며 말했다.

"어떻게 해야 할지 모르겠어."

토니는 자신 있게 말했다.

"난 알아. 잘 봐."

토니는 양 소매를 걷어 올리는 시늉을 하며 말을 이었다.

"이 안에 아무것도 없잖아. 아까 넌 나에게 마법의 힘이 있다고 했었지? 그런 의미에서—"

그는 가까이에 연노랑 스카프를 걸치고 서 있는 드레스용 마네킹을 손으로 가리키고는 마리아를 돌아보았다.

"저 마네킹이 우리 어머니라고 치자. 봐봐, 어머니가
주방에서 걸어 나오면서 인사를 해서. 집에서 우리
어머니는 거의 주방에 계시거든."

마리아는 감탄하며 속삭였다.

"주방에 계신데도 우아하게 차려 입고 계시구나."

"내가 어머니한테 네가 하얀 원피스를 입고 올 거라고
미리 말해뒀거든."

토니는 마네킹 뒤에 서서 마네킹을 좌우로 움직이며
말했다.

"어머니가 지금 널 보셨어. 네가 참 예쁘다고 혼잣말을
하시네…. 약간 마르긴 했지만, 내가 그런 널 좋다고 하니
어머니도 좋다고 하셔."

마리아는 손으로 허공에 몸집 큰 여자를 그렸다.

"어머니가 혹시?"

"어머니는 체격이 좋다는 말은… 싫어하진 않으셔.
뚱뚱하다는 말만 하지 마."

"그런 말 안 해."

마리아는 좀 더 날씬한 비율을 가진 또 다른 드레스용
마네킹 쪽으로 폴짝 걸어가 말했다.

"이쪽이 우리 엄마야."

마리아는 마네킹 뒤에서 고개를 내밀고 토니를 바라보며
웃었다.

"난 엄마를 닮았어."

"안녕하세요, 누네즈 부인. 제 아들 토니가 그쪽 따님
얘기만 계속하더라고요. 만나 보니 토니가 말한 대로
정말 좋은 아가씨네요."

"고마워요, 와이젝 부인."

유쾌한 놀이에 흥이 난 마리아는 마네킹을 좌우로 흔들며
대답했다.

"이쪽이 제 남편 누네즈예요."

"안녕하세요, 와이젝 부인?"

"안녕하세요, 누네즈 씨? 제 아들에 대해
말씀드려야겠어요. 보다시피 제 아들이 제정신이 아닌
것 같네요. 따님한테 빠져서 정신을 못 차려요. 아들이
마리아에 대해 말씀드릴 게 있다고 하네요."

"먼저 토니에 대해 궁금한 게 있습니다. 혹시 토니가
성당에 다니나요?"

"전에는 다녔어요. 이제 곧 다시 다닐 거예요."

마네킹 뒤에서 나온 토니는 그 앞에 무릎을 꿇으며
말했다.

"저에게 따님을 주시겠습니까?"

마리아도 천천히 마네킹 뒤에서 나왔다. 잠시 초조한 표정을 짓더니 곧 손뼉을 치며 말했다.

"아빠가 허락하셨어! 엄마도! 이제 네 어머니한테 물어 봐."

"이미 물어 봤어."

토니는 마리아의 손에 입을 맞췄다.

"지금 어머니가 네 뺨에 뽀뽀를 하고 계셔."

"우리 부모님은 성당 결혼식을 원하셔."

"우리 어머니도."

토니는 우울한 눈빛으로 머리를 긁적이며 덧붙였다.

"아버지에 대해서는 설명할 게 많아. 아버지가 널 보셨으면 분명히…"

"안톤…"

"내가 결혼식에서 널 사랑하고 존경하며 평생 함께하겠다고 말할 때는 모든 말이 다 진심일 거야. 그러니까 날 도와줘, 마리아. 내가 지금까지 해온 어떤 맹세보다도 쉽게 지킬 수 있는 맹세일 테니까."

"사랑해, 토니. 난 네가 행복하기만 하면 돼."

"우리 둘 다 행복해질 거야. 꼭 그렇게 되게 할게. 맹세해."

"나도 맹세해."

마리아는 이렇게 말하며 그와 좀 더 부드럽게 입을

맞췄다. 그리고 뒤로 물러나 미소를 지으며 그를 바라보았다.

"하얀 원피스 입고 기다리고 있을 테니까, 넌 가서
싸움을 말리고 우리 집으로 와."

"식은 죽 먹기야."

토니는 벽에 걸린 시계를 보며 깜짝 놀라 말했다.

"일곱 시가 다 됐네. 너희 부모님이 걱정하시겠다. 집까지
바래다줄게."

"아니야, 넌 뒷문으로 나가. 난 가게 문 잠그고 셔터를
내려야 해. 토니, 우리 엄마 아빠한테 뭐라고 말해야
할까? 오늘 하얀 원피스를 입는 것에 대해서 말이야."

"이따 널 데리러 올 남자와 데이트하러 나갈 거라고 해.
내가 너희 집 앞에 도착하면 그분들은 그 남자가 바로
나라는 걸 알게 되실 거야."

기분이 너무 좋아진 토니는 세상을 향해 미소 지으며
이리저리 걸어 다니느라 집까지 가는 데 한 시간이나 걸렸다.
집에 도착하자 어머니는 날씨가 더우니 찬 음료를 마시라고
했다. 토니는 컵에 담긴 우유를 두 모금 만에 다 마시고 욕실로
도망치듯 들어갔다. 그리고 면도를 한 다음 마지막으로
면도기를 물에 헹구며 말했다.

"어머니, 지금 몇 시예요?"

"8시 45분이 다 됐어, 안톤."

"서둘러야겠다."

그는 욕실에서 급히 뛰쳐나와 방으로 들어갔다.

잠시 후 방으로 들어온 어머니가 말했다.

"새 정장을 입었네?"

"당연하죠."

"잘 어울리는구나. 차려입은 모습이 멋지다.

구두닦이한테 구두를 맡겨서 제대로 광을 내도록 해."

"그럴게요."

토니는 셔츠 깃 안쪽으로 넥타이를 두르려다가 외투 주머니에 집어넣었다. 나중에 마리아의 집 앞에 도착해서 넥타이를 매면 된다. 일이 잘 되면, 베르나르도에게 정확히 어떤 상황인지 설명할 수 있을 것이다. 베르나르도가 말을 듣지 않으려고 하면 누군가 알아듣게 해줘야 한다. 그건 디젤이 아니라 토니가 나서서 해야 할 일이었다. 그는 거울에 비친 자신에게 말했다. 서둘러, 고속도로 아래로 더 빨리 갈수록 마리아의 집에도 더 빨리 갈 수 있어.

리프는 맥주 캔을 옆으로 휙 걸어차고 입을 문질러 닦은 뒤 다시 한번 시계를 확인했다. 8시 50분이었다. 이제 시작해야 한다.

그는 긴장한 표정으로 초조해하는 제트파 조직원들에게

지시를 내렸다.

"좋아. 지금부터 각자 흩어져서 고속도로 쪽으로
이동한다. 슈랭크한테 들키지 않게 조심해. 그놈이 종일
내 뒤를 따라다녔어."

제트파는 어둠 속으로 스며들듯 사라졌다.

그 옆 거리에서 베르나르도 샤크파 조직원들에게
비슷한 지시를 내리고 있었다. 그는 아니타에게 물었다.

"오늘 밤에 우리 집에 와 있을 거지?"

아니타는 그에게 몸을 기대고 엉덩이를 천천히 돌리며
대답했다.

"엄마한테는 마리아네 집에서 자고 온다고 말해뒀어.
엄마도 허락해 주셨고. 근데 우리 어디 가는 거야?"

"이따 보자. 나 빨리 가야 해."

"몸조심해. 여기서 기다리고 있을게."

베르나르도는 한 번 더 손을 흔들고는 거리를 뚜벅뚜벅
걸어갔다. 한 블록 정도 걸어간 그는 멈춰 서서 주머니칼의
용수철이 멀쩡한지 확인했다. 단단하고 빠르게 딸깍 소리를
내며 칼날이 튀어나와 제대로 된 위치에 고정되자 그는 마음이
든든했다. 낯선 세상 깊숙이 이 칼을 박아 넣고 말 것이다.

칼을 쥔 그는 세상 누구보다 몸집이 커진 기분이었다.
아무리 잘난 놈이라 해도 무릎을 꿇려 잘게 조각낸 후 걷어찰

수 있을 것 같았다. 베르나르도는 칼을 접어 주머니에 넣었다.

오늘 밤에 이 칼을 쓸 계획은 아니었다. 하지만 제트파가 그를 쿨하게 싸울 놈이 아니라고 멋대로 단정 짓거나 같잖게 굴면 바로 깜짝 선물로 꺼내 맛을 보여줄 생각이었다. 길이가 18센티나 되는 선물이었다.

차가 지나가길 기다렸다가 도로를 가로지른 뒤 천천히 조심해서 둑길을 내려갔다. 여기서 발목이라도 삐었다간 낭패다. 시야가 어둠에 익숙해지자 후텁지근한 더위에도 불구하고 티셔츠 위에 재킷까지 걸친 샤크파 조직원 몇 명의 모습이 보였다.

베르나르도가 날카로운 휘파람으로 도착을 알리자 그 소리를 들은 치노와 페페가 그의 이름을 불렀다. 제트파 중 한 명이 스페인어를 쓰는 저쪽 대장 놈이 드디어 왔다고 지껄이는 소리도 들려왔다. 스페인어를 쓰는 대장 놈이라… 때가 되면 스페인어 쓰는 놈이 무슨 짓까지 할 수 있는지 제대로 보여주마. 그때는 정말 피를 보게 될 거다.

베르나르도는 샤크파에게 지시했다.

"넓게 펼쳐 서서 나를 잘 지켜봐. 저것들이 허튼 짓을 하면…"

그러자 토로가 말했다.

"우리가 잘 지켜볼게, 나르도. 우린 저놈들이 약속한

대로 싸울 거라고 믿지 않아."

셔츠를 벗기 시작한 베르나르도에게 치노가 말했다.

"내가 결투의 증인이 될게."

"좋아."

베르나르도는 등과 어깨 근육을 풀고 나서 주머니에 넣어둔 칼을 확인했다.

"가자."

그러자 치노가 소리쳤다.

"우리 쪽 선수는 준비됐다!"

리프가 대답했다.

"우리도 준비됐어! 가운데에서 만나서 악수하자!"

베르나르도가 어둠 속에 대고 침을 탁 뱉으며 물었다.

"왜 굳이 악수를 해야 하지?"

그러자 리프는 제트파 쪽으로 고개를 돌리며 무식한 푸에르토리코인이라며 비웃고는 대답했다.

"원래 그렇게 하는 거야."

베르나르도가 물었다.

"그러면 더 우아해지기라도 하는 거냐? 너희들…."

베르나르도는 디젤과 리프를 손으로 가리켰지만 실은 제트파 모두, 그리고 그들과 같은 백인들을 전부 지칭하며 말을 이었다.

"이 나라에서 너희가 지껄이는 헛소리는 취급 안 해.

너희는 하나같이 우리를 미워하니까…"

리프가 끼어들었다.

"그건 맞는 말이지."

"…우린 너희를 두 배는 더 미워해. 난 너희들이 전부

싫어. 난 싫은 놈하고는 절대 악수 안 해."

베르나르도는 양 주먹을 위로 올려 싸울 자세를 취한 뒤

신중하게 앞으로 걸어갔다.

"좋아. 원한다면 상대해주지."

리프는 옆으로 물러나면서 디젤에게 손짓했다.

"어디 한번 붙어 봐."

디젤은 베르나르도를 노려보며 오른 주먹을 펼쳤다가

다시 모아 쥐고 천천히 앞으로 나갔다. 디젤은 베르나르도보다

체중이 많이 나갔다. 라이트급인 베르나르도는 상대하기에

어렵지 않았다. 베르나르도의 주먹 정도는 얼마든지 받아낼

자신이 있었다. 그래도 조심해야 했다. 베르나르도는

비록 라이트급이지만 주먹이 매섭기로 유명했고, 길거리

싸움꾼으로도 꽤 잘 알려져 있었다. 사람들 얘기로는

베르나르도가 라이트 헤비급 정도의 펀치력을 갖고 있기

때문에 차분하고 냉정하게 싸울 수만 있다면, 텔레비전에

나올 정도로 괜찮은 웰터급 권투선수가 될 수도 있을

거라고들 했다.

디젤이 먼저 왼 주먹으로 시험 삼아 잽을 날렸다.
베르나르도는 뒤로 한 발 물러나며 피한 다음 왼 주먹으로
반격했다. 디젤은 주먹을 옆으로 가볍게 쳐냈다. 디젤은 다시
왼 주먹을 날렸고 오른 주먹을 바로 내지를 것처럼 굴다가
베르나르도의 주먹을 피해 고개를 젖혔다. 베르나르도의
주먹이 디젤의 귀를 스쳤다.

베르나르도는 한 방에 상대를 쓰러뜨릴 수 있는 결정적
펀치를 날리려고 기회를 엿보고 있는 듯했다. 몸을 최대한
움직이지 않고 있어서 디젤에게 유리했다. 베르나르도는
주먹을 위로 높이 들어 올린 자세를 취하고 있었다.
베르나르도의 배에 강하게 주먹을 꽂아 넣는다면 그는
허리를 굽히고 배를 움켜잡을 것이다. 그때 훅을 먹이고
주먹으로 입을 세게 치면 놈의 하얀 이빨 서너 개쯤은 족히
뽑아놓을 수 있다.

짧게 친 베르나르도의 왼 주먹에 어깨를 맞은 디젤은
베르나르도의 옆구리를 치며 반격했다. 하지만 베르나르도가
몸을 얼른 옆으로 트는 바람에 펀치에 힘을 싣지 못했다.
베르나르도가 왼 주먹으로 디젤의 입술을 가볍게 치자
디젤의 입술이 부어오르기 시작했다.

베르나르도는 미국인 디젤이 강한 상대임을 깨달았다.

하지만 디젤의 입이 주먹에 닿은 순간 베르나르도는 승리를 자신했다. 베르나르도는 자신감이 붙은 스텝으로 디젤 주변을 맴돌면서 주먹을 주고받았고 옆으로 피하면서 다시 달려들었다.

싸움은 춤과 비슷하다. 일정한 스텝과 리듬이 있어서 그 두 가지를 익히고 나면 굳이 머릿속으로 계산하지 않아도 자연스럽게 움직일 수 있다. 베르나르도는 시계 방향으로 좀 더 돌면서 잽과 훅을 날렸다. 상대를 속이는 동작을 취하고 허리를 숙이며 기회를 엿보다가 시계 반대 방향으로 돌기 시작했다. 디젤이 잠시 두 손을 내리는 순간이 베르나르도가 노리던 깨끗한 한 방을 먹일 기회였다.

그때 누군가 소리치며 달려와 두 사람 옆에 섰다. 디젤은 뒤로 한 걸음 물러섰다.

"멈춰!"

누군가 수군거렸다.

"토니야. 그래도 안 온 것보다는 낫네."

토니는 결투에 나선 두 선수 사이에 서서 가쁜 숨을 내쉬었다.

리프가 앞으로 나서며 물었다.

"무슨 일이야?"

베르나르도와 디젤이 서로에게 주먹을 날리지 못하도록

그들 사이에 버티고 선 토니가 말했다.

"둘 다 그만둬."

리프가 화를 냈다.

"야, 이러면 곤란하지. 이게 무슨 짓이야? 어서 말해 봐, 토니."

입을 벌리고 느긋하게 숨을 고른 베르나르도는 오른 주먹을 왼 손바닥에 대고 탁탁 치며 미소 띤 얼굴로 말했다.

"이제야 제대로 싸울 배짱이 생겼나 보지."

그러자 샤크파 조직원들이 왁자하게 웃어댔다.

토니도 같이 미소 지었다. 그리고 베르나르도에게 손을 내밀며 말했다.

"싸워야 한다면 굳이 배짱 같은 건 필요 없어, 나르도. 무엇보다 우린 싸우지 않아도 돼."

베르나르도는 토니가 내민 손을 옆으로 탁 치며 밀어냈다. 그리고는 토니를 거세게 밀쳐 흙바닥에 쓰러뜨렸다.

"너희 쓰레기들은 지금 내 말 똑똑히 들어둬. 내 이름은 베르나르도다. 나르도라고 함부로 줄여 부르지 마. 오늘 밤 이후로 베르나르도 씨라고 제대로 불러."

"됐거든."

리프는 이렇게 받아치며 토니를 부축해 일으켜 세웠다. 제트파 조직원들에게 손짓하며 긴장 풀라고 신호한 뒤 상황을 정리하러 나섰다.

"양쪽 대표로 맨주먹 대결을 하기로 한 건 베르나르도와
디젤이야."

베르나르도는 앞으로 다가가 토니의 뺨을 손등으로
가볍게 치면서 디젤에게 경고했다.

"조급하게 나대지 마, 넌 좀 이따가 손봐 줄 테니까. 이
예쁘장한 폴란드 놈으로 예열부터 해야겠어."

베르나르도는 손으로 뺨을 문지르는 토니를 비웃었다.

"왜? 뭐 문제 있어? 무서워? 겁먹었냐? 너는 배짱도
없지?"

리프는 토니 앞으로 나서며 베르나르도에게 경고했다.

"그만해."

토니는 다른 제트파 조직원들 옆에 가 있으라는 지시를
거부했다. 그러다가 문득 자신이 얼마나 중대한 실수를
저질렀는지 깨달았다.

마리아에게 무슨 약속을 했든, 베르나르도와 디젤 둘이서
결판내도록 내버려 두는 편이 나았다. 디젤이 이겼다면 모든
문제가 해결됐을 것이다. 싸움이 끝난 뒤 더 치고 나가려는
디젤을 말리면서 이제 그만 양측이 평화롭게 지내면 좋겠다고
베르나르도를 설득했다면 좋지 않았을까.

베르나르도가 디젤과 싸워 이겼다면 토니는

미래의 형님이 될 그에게 악수를 청할 수 있었을 것이다. 베르나르도가 거부하면서 주먹을 휘두르면 깨끗이 결정타를 먹여 정신 차리게 하면 그만이다. 베르나르도와 악수를 해서 화해를 청하든, 멀찍이 쫓아버리든 문제가 해결되었을 게 분명했다.

하지만 이런 방법들을 쓰기에는 이미 너무 늦었다. 토니는 차가운 증오로 가득한 베르나르도의 눈빛에 몸이 떨릴 지경이었다. 지금 토니가 할 수 있는 일은 없다. 너무 늦었다. 하지만 마리아를 위해 시도라도 해봐야 한다. 필요하다면 바닥에 엎드릴 의향도 있었다.

토니는 침착하게 낮은 목소리로 설명했다.

"베르나르도, 네가 오해한 거야."

베르나르도는 고개를 저었다.

"오해 따윈 안 해. 이 겁쟁이 새끼야."

액션이 나서려고 하자 토니는 손을 뻗어 그를 제지하며 물었다.

"왜 이해를 못 해?"

앞으로 한 걸음 다가온 베르나르도는 한 손을 컵 모양처럼 만들어 귀에 대더니, 다른 한 손으로 토니의 코를 툭툭 쳤다.

"안 들려, 겁쟁이 새끼야."

그는 토니를 놀려댔다.

"에이랩은 네가 나랑 붙길 바라는 눈치인데. 네가 너무 겁이 많아서 나서지 못하는 거잖아."

"베르나르도… 이러지 마."

베르나르도는 흥미롭다는 표정을 지으면서 토니 주변을 춤추듯 천천히 돌았다. 토니의 코와 턱을 툭툭 치고 뺨도 슬슬 치면서 마치 투우사처럼 한쪽 발로 선 채 제자리에서 빙글 돌았다.

"네놈은 병아리처럼 겁이 많으니 투우용 소라고 부르지도 못하겠는데."

베르나르도는 통쾌해하는 샤크파를 한 번 쓱 쳐다보고는 계속 토니를 자극하며 비웃었다.

"겁쟁이 녀석, 덤벼 봐! 병아리인 네가 다 커서 알을 낳을 때까지 기다려야 하나?"

리프로서는 더 이상 견딜 수 없는 모욕이었다. 그동안 리프는 액션과 디젤, 심지어 베이비 존과 애니바디스로부터 온갖 수치스러운 말을 듣고도 절친 토니를 감싸기 위해 모두 감당해왔다. 이건 도대체 말이 되질 않는다. 자존심이 있는 백인 남자라면 스페인어를 쓰는 저놈이 내뱉는 모욕적인 말을 가만히 듣고 있을 이유가 없다. 저 개소리를 다 듣고 있다니 토니는 머리가 어떻게 된 게 아닐까? 토니는 자존심도 없는 눈치였다. 머리가 돌았거나 배짱이 없다면 수치심을 느끼지

못할 것이다. 하지만 리프는 이 상황이 너무나도 창피해 견딜
수 없었다. 리프는 뒷주머니에 손을 가져다 댔다. 그 안에 든
주머니칼이 두둑하게 만져졌다.

베르나르도가 또 다시 토니의 뺨을 때리며 말했다.

"이 노란 병아리 새끼야…."

리프는 괴로워하며 고함을 질렀다.

"젠장, 토니! 이 미친놈! 너 정말 돌았구나! 왜 가만히
당하고 있어!"

애니바디스가 악을 썼다.

"죽여, 토니!"

베이비 존이 제자리에서 깡충깡충 뛰며 응원했다.

"죽여!"

베르나르도가 조롱했다.

"죽이기는 개뿔. 이 더럽고 형편없는…."

그 순간 분노에 찬 리프가 악을 쓰면서 토니를 옆으로
밀치고 베르나르도의 목을 향해 달려들었다. 베르나르도가
휘청하면서 쓰러지자 리프는 베르나르도를 잡아 일으킨 뒤
입을 향해 정확히 주먹을 꽂아 넣었다.

베르나르도는 입 안에 피가 차오르는 걸 느꼈다. 그는
고개를 숙이면서 리프의 얼굴을 박치기로 들이받았다. 리프는
거머쥐었던 멱살을 놓치고 휘청대며 뒤로 물러났다. 그때

베르나르도가 주머니칼을 빼들었다. 입가의 피를 문질러 닦은 베르나르도는 리프의 손에서도 칼이 번뜩이는 것을 보았다. 그래, 이렇게 싸우는 게 맞지. 베르나르도는 샤크파 조직원들에게 뒤로 물러나 있으라고, 이건 자신이 원하던 바라고 말했다. 곁눈으로 보니 앞으로 나서서 막으려는 토니를 액션과 디젤이 양쪽에서 붙잡고 있었다.

베르나르도와 리프는 칼을 이리저리 움직여 방어 자세를 취하면서 천천히 움직였다. 좋은 자리를 잡기 위해 머리를 굴리면서 상대를 속이는 동작을 취했다. 그러면서 두 사람은 천천히 거리를 좁혀 갔다. 오래 끌 싸움이 아니라는 것을 둘 다 경험으로 알고 있었다. 먼저 한 번 찌르면 끝나는 싸움이었다. 두세 번 찌를 것도 없었다.

주변에 있던 조직원들이 점점 그들 가까이로 다가왔다. 디젤과 액션이 다른 조직원들과 함께 앞으로 다가가느라 잠시 힘이 풀린 순간, 토니는 재빨리 그들의 손아귀에서 벗어났다.

다음 순간 눈앞이 흐려졌다. 리프가 토니에게 물러나 있어 새끼야, 라고 악을 썼다. 리프가 왼팔을 크게 휘저으며 악을 쓰는 그 몇 초 사이, 베르나르도가 치명적인 호를 그리며 빠르게 치고 들어가 리프의 흉곽, 심장 바로 밑에 칼을 꽂아 넣었다.

리프는 바닥에 쓰러지기도 전에 숨이 끊어졌다. 토니는

비통하게 울부짖으며, 친구의 늘어진 손에서 칼을 집어 들고 득달같이 베르나르도에게 달려들었다. 그의 동작이 어찌나 빨랐던지 대비할 틈도 없었다. 베르나르도는 자신을 방어하기 위해 움직일 새도 없이 25센티미터 길이의 칼을 옆구리에 맞고 바닥에 쓰러졌다.

꼭꼭 하고 숨 끊어지는 소리가 들리는 가운데 땅거미가 깔렸다. 증오와 폭력, 생명마저 놓아버린 채 늘어진 몸뚱이들은 차마 쳐다보기 힘들 정도로 처참한 몰골이었다. 그때 경찰차 사이렌 소리가 들리더니 곧 그들이 있는 공터 위쪽에 멈췄다. 환한 손전등 불빛이 공터를 비추자 제트파와 샤크파 조직원들은 사방으로 흩어져 달아났다.

디젤은 토니의 팔을 잡고 달리기 시작했다. 어느새 쏟아진 눈물이 토니의 시야를 가렸다. 세상이 온통 불타오르고 있었다. 토니는 달아나면서 그녀의 이름을 부르고 또 불렀다. 하지만 대답 대신 절망적인 사이렌 소리만 들려올 뿐이었다.

7

나를 꼭 안아줘

지붕에 올려놓은 트랜지스터라디오의
주파수는 단순한 비트와 무의미한 가사로 이뤄진 빠르고
신나는 곡만 내보내는 것으로 유명한 라디오 방송국 채널에
맞춰져 있었다. 지붕에 올라온 소녀들은 음악에 맞춰 발과
어깨를 들썩이며 초조한 눈빛으로 어둠을 응시했다. 벌써 9시
30분이었다. 이렇게 늦게까지 아무 소식도 없는 걸 보면 뭔가
큰일이 벌어진 게 아닐까 조바심이 났다. 늦게까지 싸우고
돌아온 밤이면 연인은 그녀들과 격렬하게 사랑을 나누려 할
것이다.

콘수엘로는 손거울을 들여다보았다. 왼쪽 얼굴이 더
마음에 들었다. 여기에다 인조 속눈썹을 길게 붙이고 가슴

속에 좀 더 두툼한 브라 패드를 넣는다면.

콘수엘로가 말했다.

"오늘이 내가 금발로 지내는 마지막 밤이야."

로살리아가 받아쳤다.

"별로 손해는 아닐 텐데."

콘수엘로는 큼직한 핸드백에 손거울을 집어넣으며
응수했다.

"솔직히 나는 금발이 어울리는데 점쟁이가 페페한테
흑발이 천생연분이라고 그랬나 봐."

"그럼 오늘 밤 싸움이 끝나고 나면 페페가 널 데리러 안
오겠네!"

재치 있는 말을 한 것 같아 기분이 좋아진 로살리아는
지붕을 가로질러 마리아에게 다가가 방금 콘수엘로에게 들은
말을 자세히 주워섬겼다. 로살리아가 보기에 콘수엘로는 자기
스스로 인정한 것보다 훨씬 멍청했다.

저 아래 거리를 빠르게 가로지르는 사이렌 소리에
마리아는 몸서리를 쳤다. 마리아가 특별히 싫어하고 증오하고
두려워하는 몇몇 소리들이 있다. 특히 사이렌 소리는
마리아에게 그 세 가지 감정을 모두 불러일으켰다. 사이렌은
병이나 사고, 죽음, 화재 같은 말썽이 일어났음을 의미했다.
하지만 저 사이렌 소리는 지금 마리아와는 무관했다.

마리아는 로살리아에게 말했다.

"오늘 밤에는 아무도 싸우지 않을 거야."

로살리아가 마리아를 손가락질하며 모두에게 말했다.

"점쟁이 나셨네!"

마리아는 튀어나온 지붕 아래 거리를 내려다보았다. 토니가 오려면 얼마나 더 오래 기다려야 할까. 물론 부모님이 여동생들을 데리고 영화관에 가고 난 다음에 오는 게 좋을 테니, 토니가 굳이 서두를 필요는 없었다.

마리아가 여동생들과 말다툼하는 걸 본 아버지는 가족 모두 영화나 보러 가자고 제안했다. 어린 여동생들은 데리고 가봤자 잠이나 잘 테지만 그래도 영화관에 있으면 집에 있는 것보다 덜 시끄럽고 편안할 거라고 생각했기 때문이다.

마리아는 아버지의 제안을 크게 반기면서도, 자신은 베르나르도 오빠랑 아니타 언니가 이따 집에 오면 같이 놀러 가기로 했다면서 집에 있겠다고 했다.

옆에서 콘수엘로가 물었다.

"네 말대로 아무도 싸우지 않는다면 치노가 널 어디로 데려가기라도 한대?"

마리아는 수수께끼 같은 미소를 지으며 콘수엘로를 돌아보았다.

"치노는 날 아무 데도 안 데려갈 거야."

그러자 로살리아가 하얀 원피스를 입은 마리아를 손으로 가리키며 지적했다.

"그럼 우릴 위해서 이렇게 차려 입었나 보네."

"물론 그건 아니지."

마리아는 고개를 저었다. 친구들에게 어디까지 얘기해도 될지 잠시 생각해보고는 이렇게 덧붙였다.

"비밀 지켜줄 수 있지?"

콘수엘로가 손뼉을 쳤다.

"난 비밀 얘기 엄청 좋아해. 나한테 얘기하면 모두에게 얘기하는 거나 마찬가지야. 네 입도 덜 아플걸."

"오늘 밤 나는 결혼할 남자를 기다리고 있어."

콘수엘로는 실망한 표정이었다.

"그게 무슨 비밀이야? 로살리아, 너도 알지? 치노는 괜찮은 남자야. 자기가 얼마나 대단한지 남들한테 떠벌리지도 않잖아. 언젠가 제대로 된 일을 하게 될 거라고 허풍도 안 떨어. 이미 진짜 직장에 다니고 있으니까. 내 생각을 말해줄까?"

로살리아가 조바심을 치며 물었다.

"뭔데?"

"치노는 주둥이만 나불거리는 게 아니라 진짜로 행동하는 남자야. 모든 일에 최선을 다하지! 그래서 넌 그

대단한 연인이랑 언제 결혼할 계획이야?"

마리아는 잠시 심호흡을 한 뒤 대답했다.

"난 치노를 기다리는 게 아니야."

콘수엘로는 마리아의 이마에 손을 얹었다.

"불쌍해라! 더위라도 먹었나 보네. 얘가 아주 제정신이
아니야."

흥분한 마리아의 두 눈이 춤을 추었다.

"그래 맞아! 난 제정신이 아니야. 행복해서 미칠 것 같아.
너희는 치노 때문에 내가 이런 것 같니?"

콘수엘로는 의아한 눈빛으로 로살리아를 돌아보았다.

이유를 알 수 없는 건 마찬가지인 로살리아가 어깨를 으쓱하며
말했다.

"그러게. 마리아가 좀 달라 보이기는 해."

마리아가 물었다.

"그렇지? 겉으로는 그대로인 것처럼 보여도 내 기분은
완전히 달라진 것 같지 않아?"

로살리아는 고개를 끄덕였다.

"많이 달라 보여. 네 안에서 불꽃이 팡팡 터진 것 같아."

"정말 딱 그래! 너무 좋고 날아갈 것 같은 벅찬 기분이야.
하늘을 날 수도 있을 것 같아. 이대로 지붕 가장자리를
달리다 건너편 집 지붕으로 훌쩍 뛰어갈 수도 있을 것

같아."

마리아는 하늘을 가리키며 말을 이었다.

"하늘에 별이 반짝거리네. 달도 네다섯 개나 떠 있어. 난
정말 세상에서 가장 멋진 남자와 사랑에 빠졌어."

콘수엘로가 말했다.

"그래, 치노 말하는 거잖아."

콘수엘로는 로살리아를 돌아보며 덧붙였다.

"치노에게 뭔가 대단한 게 있기는 한가 봐."

로살리아가 낄낄 웃으며 대꾸했다.

"치노는 직장에 다니잖아. 나름 대단한 장점이지."

콘수엘로가 반박했다.

"아, 됐어. 마리아는 낭만적인 얘길 하고 있는데 너는
현실적인 소리만 하냐. 혹시…"

로살리아가 어깨를 으쓱했다.

"마리아가 그 부분을 정확히 얘기해주지 않으니까
우리가 어디 가서 소문을 퍼뜨릴 수도 없잖아."

"그래도 어느 정도는 우리가—"

콘수엘로가 말하고 있는데 마리아가 무릎을 굽히더니
라디오를 껐다. 그러고는 건물 아래쪽으로 몸을 기울이며
말했다.

"누가 아래층에서 날 부르는 소리가 들려. 여기야! 우리

여기 있어. 지붕 위에."

마리아는 기뻐하며 친구들을 돌아보았다.

"이제 너희도 그 남자를 볼 수 있을 거야!"

지붕 문쪽으로 달려간 마리아는 문을 위로
당겨 열고 기다렸다. 가여운 토니. 그는 이 지붕 문에 머리를
부딪치는 바람에 문이 잠겨 있다는 걸 알았을지도 모른다.

"이 위에 있어! 얼른 올라 와! 와서 내 친구들을 만나 봐."

그런데 저 아래 층계참에 치노가 서 있는 걸 보고
마리아는 멈칫하며 눈을 깜박였다.

치노가 마리아를 올려다보며 말했다.

"할 얘기가 있어. 그 위에 누구랑 같이 있어?"

"여자애들뿐이야. 무슨 일 있어? 무슨 사고라도 당한
사람 같아!"

"아니타는?"

"아니타는 여기 없어. 치노, 너 어디 아파?"

마리아는 계단 몇 칸을 내려가며 물었다.

"무슨 일인데?"

치노는 벽에 기대어 서서 자신의 두 손을 내려다보았다.
마치 그 손을 처음 보는 것처럼. 그러고는 땀으로 얼룩진
얼굴을 셔츠 소매로 닦았다.

"내려와 봐, 마리아."

그는 다른 소녀들에게도 지시했다.

"너희는 그 위에 있어. 우리 얘기 듣지 말고."

"들으면 안 되는 얘기라고 하면 우리도 알아들어. 그렇게 선 굿듯이 말하지 마."

콘수엘로가 치노에게 따졌다.

"괜히 시비 걸지 말고 너희는 위에 가만히 있어!"

마리아는 계단으로 달려가 지붕 문을 닫고 치노에게 돌아와 물었다.

"무슨 일이야? 말썽에 휘말렸어?"

"부모님은 어디 계셔? 동생들은?"

"다들 영화 보러 갔어. 치노, 너 싸우고 왔구나!"

치노는 신음을 흘리며 두 손으로 얼굴을 감쌌다.

"너무 순식간에 일어났어."

"뭐가?"

"마리아, 결투를 하다가…."

"결투 같은 건 없을 거라고 했는데."

치노는 그녀의 시선을 피하며 대답했다.

"있었어. 결투가 있었어. 아무도 의도한 건 아니었어. 의도한 일이 절대 아니었어."

치노는 페인트칠을 한 회반죽벽을 주먹으로 쳤다.

마리아는 두려움의 숨결이 차갑게 얼굴에 와닿는
느낌이었다.

"무슨 일인데? 말해, 어서. 빨리 말해야 뭐든 해결하지."

"싸움이 일어났는데 나르도가…."

"오빠가 왜?"

"칼로…."

"토니!"

마리아는 비명을 지르며 치노를 돌려 세웠다.

"토니한테 무슨 일이라도 생겼어?"

치노는 도저히 믿기지 않는다는 듯 눈을 크게 뜬 채로
한쪽 벽에 뺨을 기댔다. 그제야 치노는 마리아가 하얀
원피스를 입고 하이힐을 신었으며 입술에 립스틱까지
발랐다는 것을, 그리고 그 모든 게 그를 위한 것이 아님을
깨달았다.

치노가 사납게 내뱉었다.

"토니? 그 자식은 완전 멀쩡해. 그놈이 네 오빠를
죽였어!"

"거짓말! 거짓말이야!"

마리아는 주먹으로 치노를 때리며 말했다.

"말 지어내지 마, 치노. 널 증오해! 나르도 오빠한테
얘기해서 널 다시는 이 집에 못 오게 할 거야. 네 말은 다

거짓말이야. 거짓말! 거짓말!"

마리아는 경찰차 사이렌 소리에 멈칫하며 물었다.

"왜 그런 거짓말을 해?"

벽에 기대 선 치노도 사이렌 소리를 들었다. 그 날카로운
소리에 잠시 괴로움을 잊은 치노는 마리아를 옆으로 밀치고
곧장 아래층에 있는 마리아네 집으로 달려 내려갔다.
그에게는 해야 할 일이 있었다.

나르도나 다른 샤크파 조직원 중 누군가가 지시를 내린
것은 아니었지만 그들은 모두 토니 와이젝을 찾고 있었다.
치노 마르틴이야말로 토니를 찾아내야 할 사람이었다.
베르나르도는 치노를 매부가 될 사람으로 여겼던 만큼
치노에게 권총을 숨겨 둔 장소도 알려주었다. 치노는 욕조
뒤편에 손을 넣어 더듬었다. 베르나르도가 숨겨 둔 단단한
물건이 포장돼 있었다. 더는 두렵지 않았다. 이제 치노는
복수를 위해 냉정하게 방아쇠를 당겨야만 했다.

포장을 풀고 권총을 꺼낸 뒤 장전이 되어 있는지
확인했다. 권총을 주머니에 쑤셔 넣고 돌아선 치노는 어느새
집에 들어와 멍하니 그를 쳐다보고 있는 마리아와 마주쳤다.
치노는 마리아를 옆으로 밀치고 집을 나섰다.

마리아가 이제야 자신의 말을 믿는 눈치였지만 설명할
시간이 없었다. 어서 토니 와이젝을 찾아내 죽여야 했다.

마리아는 치노의 뒤를 쫓아갈까 하다가 주방을 가로질러 성가족(아기 예수와 성모 마리아, 성요셉 – 옮긴이) 조각상 앞에 무릎을 꿇었다. 그리고 조각상을 바라보며 고통에 몸을 떨며 기도했다. 지금까지 들어봤거나 읽은 적 있는 기도의 말을 떠올리면서 스페인어로 소리 내어 기도하기 시작했다.

"제발 사실이 아니게 해주세요. 그렇게만 해주시면 뭐든 하겠습니다. 저를 죽이셔도 좋아요. 제발, 사실이 아니게 해주세요."

강하고 탄탄한 두 손이 그녀의 팔꿈치를 잡는 바람에 기도가 중단됐다. 그 손은 그녀에게 일어나라고 말하고 있었다. 설마 했는데, 고개를 돌려보니 토니가 눈앞에 서 있었다. 그는 더 이상 활기찬 모습이 아니었다. 눈은 다 늙은 사람처럼 퀭하니 들어갔고 경련하듯 깊고 급하게 숨을 몰아쉬느라 입술까지 비딱해졌다.

마리아는 치노를 때릴 때보다 더 격하게 토니의 얼굴을 손으로 몇 번이고 때렸다. 토니는 그녀의 주먹을 고스란히 맞기만 할 뿐 막으려 하지 않았다. 마리아는 걷잡을 수 없이 울부짖었다.

"살인자! 살인자, 살인자, 살인자, 살인자—"

마리아는 그러다 갑자기 토니의 품에 안겼다. 두 사람은 함께 바닥으로 쓰러졌다. 마리아는 그에게 눈물범벅이 된 뺨을 비볐다. 그의 눈물을 키스로 닦아내고 그를 두 팔로 안았다. 토니는 불운한 자의 비통함을 울음으로 쏟아냈다.

그는 울면서 띄엄띄엄 말했다.

"싸움을 막으려고 했어. 정말이야. 그런데 어쩌다 그렇게 된 건지 모르겠어. 난 그를 해칠 의도가 아니었는데. 맹세해. 정말이야. 그리고 싶지도 않았어. 그런데 내 형제나 다름없는 리프를 베르나르도가 죽이는 바람에…."

"하느님께서 그들을 지켜주시길."

토니는 마리아를 품에 당겨 안고 그녀의 눈과 뺨, 머리카락에 입을 맞추며 깊은 슬픔을 쏟아냈다.

"너한테 말하려고 왔어. 경찰서로 가기 전에 용서를 구하고 싶어서."

"경찰서로 가는 건 안 돼. 그러지 마."

"결심하고 나니까 편해졌어. 무섭지도 않아."

마리아는 격하게 반대했다.

"아니야. 그러지 말고 나랑 같이 있어. 지금 집에는 나 혼자뿐이야. 나랑 있어."

토니는 다시 그녀를 품에 안았다. 그녀의 가슴에서

흘러나오는 온기와 머리카락, 뺨을 타고 흐르는 눈물이
고스란히 느껴졌다. 그는 나직한 목소리로 말했다.

"널 많이 사랑해, 마리아. 그런데 난 네가 사랑하는
오빠를 죽였어. 도와줘. 제발 도와줘."

"나를 꼭 안아줘. 두 팔로 더 단단히. 너무 추워."

오늘 밤 이후, 그녀의 부모님이 영화관에서 돌아오신
후에도 그들이 함께할 수 있을까? 며칠, 아니 단 몇
시간만이라도 함께할 미래가 남아 있을까?

"넌 좀 쉬어야 해. 내 침대에서 쉬어. 안톤, 제발."

"가야 해."

"경찰서로?"

"경찰서로."

"그러면 조금만 쉬었다 가."

마리아가 일어서서 그에게 두 손을 내밀었다.

"조금 전까지 난 지붕에서 친구들에게 내 결혼에 대한
얘기를 하고 있었어. 우린 이미 결혼했잖아. 기억 안 나?
안톤. 오늘 오후에 있었던 일 말이야."

"오늘 오후로 시간을 되돌릴 수 있다면 얼마나 좋을까."

"아직 오후야. 늦지 않았어. 일단 좀 쉬어."

본 사람은 아무도
없어

베이비 존은 만화책에서 본 슈퍼맨, 배트맨 같은 슈퍼히어로들이 나타나 자신을 구해줬으면 하고 바랐다.

망가진 시커먼 트럭 안에 숨은 베이비 존은 무릎을 턱까지 끌어 모으고 앉아 트럭의 금속 측면에 뚫린 구멍을 통해 바깥의 별을 내다보았다. 강변 폐차장에 놓인 이 트럭은 짐칸의 옆면이 차축에 모로 놓여 있었다. 그는 유성처럼 밝은 빛줄기가 하늘에 그려지길 기다렸다. 그런 빛줄기가 보인다면 그가 좋아하는 슈퍼히어로들 중 한 명이 이곳으로 날아오고 있다는 증거일 것이다.

베이비 존이 우주에 송출한 구조 신호는 전혀 일반적인 방식이 아니었지만 누군가는 꼭 들어줘야만 했다. 그는 강한 두 남자 리프와 베르나르도가 최후의 결전 끝에 쓰러지는 것을 보았다. 평소 리프를 우러러보았던 베이비 존은 그의 죽음을 진심으로 애도하며 눈물을 흘렸다. 그리고 적이라 증오하기는 했지만 베르나르도도 워낙 강한 남자라서 마찬가지로 감탄의 눈으로 보고 있었다.

토니 와이젝은 변변찮은 놈이 아니었다. 칼을 휘두르는 솜씨가 예술에 가까웠다. 하지만 결국 리프와 베르나르도는 토니 때문에 죽었다. 리프는 열여덟 살이고, 그가 알기로 베르나르도도 같은 나이였다. 지금 베이비 존이 열네 살이니, 언젠가 리프나 베르나르도 같은 강한 남자가 되더라도 앞으로 살 날은 겨우 4, 5년 남은 셈이었다. 그 4, 5년 중 2, 3년을 소년원에서 보낸다면 남은 시간은 더욱 짧아진다.

폐차장 담장 윗부분을 밟고 걸어가면 어디까지 갈 수 있을까. 문득 궁금해진 베이비 존은 직접 알아보기로 마음먹었다. 잠시 후 담장 위로 올라간 그는 두 팔을 양옆으로 벌리고 손가락을 빳빳이 세운 채 천천히 걸어갔다. 슈퍼히어로들이 그가 구할 가치가 있는 인간임을 알아챌 수 있도록 머릿속에서 계속 구조 신호를 보냈다. 경찰이 와서 잡아가기 전에 슈퍼히어로들 중 아무라도 와서 자신을 데려가주면 좋겠다고 생각했다.

다들 베이비 존이 슈랭크와 크럽키를 피해 멋지게

달아나는 모습을 보았다. 그는 크럽키가 약이 올라 펄펄 뛰게 만든 적도 있었다. 하지만 결국 경찰들은 그를 체포할 것이고 크럽키는 곤봉으로 그를 무자비하게 두들겨 팰 것이다. 담장 끄트머리 바로 옆에 전신주가 서 있었다. 그는 전신주 발 받침대에 오른발을 올리고 섰다.

폐차장을 나가서 크럽키와 슈랭크를 찾아 얼음송곳으로 그들을 처리한다면? 그리고 콜럼버스 대로를 달려가다가 열 살이 넘어 보이는 푸에르토리코인 소년 아무에게나 그 송곳을 줘버린다면? 그 사건에 대해 언론에서는 굉장한 제목을 지어 붙이겠지! 만약 토니 와이젝과 마주치면 어떻게 하지?

밑으로 떨어지지 않으려고 두 손으로 전신주를 꼭 붙잡고 매달려 있었더니 점점 현기증이 났다. 토니를 죽여야 할까? 아니면 샤크파에 대항해 토니를 지켜야 할까? 지금 베이비 존은 그를 이끌어줄 사람이 필요했다. 엑스광선이 나오는 눈과 파장에 맞춰 그의 생각까지 읽어낼 수 있는 예리한 청력을 가진 슈퍼히어로는 마음만 먹으면 베이비 존을 찾아낼 수 있을 것이다. 슈퍼히어로가 나타나 구해주기 전까지 제트파 중 누군가가 나서서 무엇을 어떻게 하라고 지시해준다면 좋을 텐데.

이 나라에 푸에르토리코 사람들을 불러들인 놈은 누구일까? 전신주를 잡고 미끄러져 내려가면서 베이비 존은 흐느껴 울었다. 주변을 둘러보다가 다시 서둘러 트럭으로 돌아갔다. 대체 어떤 놈이 그들을 이 동네까지 데려와서 리프를 죽이라고 시킨 것일까? 리프는 정말 좋은 사람이었는데.

베이비 존은 컴컴한 트럭 안쪽에 대고 소곤소곤 물었다.

"거기 누구 있어? 여기는 베이비 존이다."

안에서 에이랩이 대답했다.

"닥치고 들어오기나 해. 통신 끝."

"누구하고든 같이 있으니까 그래도 마음이 놓이네."

베이비 존은 헛기침을 하고 한숨을 푹 쉬었다. 손으로 눈과 코를 쓱 문지른 다음 지저분한 오른손을 위로 들어 올렸다. 슈퍼히어로들에게 그의 위치를 알리기 위해 신호를 보내는 것이었다. 베이비 존이 말했다.

"크럽키와 슈랭크 말이야. 모퉁이를 돌아갔는데 거기 딱 서 있더라. 그 순간 다 끝났구나 싶었지."

에이랩이 초조하게 물었다.

"담배 있냐? 다른 애들은 어디로 갔는지 알아? 토니는 봤어?"

"토니를 본 사람은 아무도 없어."

베이비 존은 마지막 질문에만 대답하고 담뱃갑 속에 마지막 남은 한 개비를 에이랩에게 건넸다. 에이랩은

마약이라도 빨아야 할 것처럼 손을 덜덜 떨었다. 베이비 존이
계속해서 말했다.

"다른 조직원들도 곧 나타나겠지. 혹시 집으로 돌아가지
않았을까?"

"제정신이냐?"

담배에 불을 붙인 에이랩은 베이비 존 쪽으로 성냥을 휙
던졌다.

"경찰들이 제일 먼저 뒤지는 곳이 집일 텐데. 앞으로
최소한 이틀은 집에 들어갈 생각하지 마."

"안 가, 에이랩. 너도 봤지?"

"뭘?"

"칼 맞은 리프와 베르나르도. 둘 다 피를 엄청 흘리더라."

"닥쳐."

에이랩은 몸을 덜덜 떨었다.

"닥치지 않으면 주둥아리를 주먹으로 칠 줄 알아."

"그냥 얘기한 거야. 시간을 어제나 내일로 돌리면
좋겠어."

베이비 존은 한숨을 쉬며 덧붙였다.

"오늘만 아니면 좋겠다는 뜻이야. 에이랩, 우리
도망쳐야겠지?"

트럭 바닥 쪽으로 미끄러져 내려간 에이랩은 고개를 푹

숙이고 담배를 뻑뻑 피우며 물었다.

"겁나냐?"

"비밀로 해주면 솔직히 말할게. 겁나."

"그냥 닥치고 있어. 너 때문에 나까지 겁나려고 하니까."

폐차장 담장 너머 어두컴컴한 거리에서 경찰차 사이렌
소리와 달려가는 발소리가 들려왔다. 에이랩은 얼른 자세를
낮췄고 베이비 존도 제일 짙은 그림자가 진 구석 자리에서
몸을 웅크렸다. 경찰차가 거리를 달려 내려가는 소리, 경찰이
도주자에게 멈추지 않으면 총을 쏘겠다고 외치는 소리가
베이비 존의 귀에 꽂혔다.

에이랩이 트럭 바닥을 기어와 베이비 존 옆으로 왔다.

"우리 이제 어떻게 하지?"

베이비 존이 나직하게 대답했다.

"여기서 기다려 보자. 액션도 우리가 그러길 바랄 거야.
이제 액션이 대장이지?"

"그렇겠지."

에이랩은 베이비 존의 팔을 잡고 비틀며 말했다.

"무슨 일이 있어도 경찰이랑 거래하면 안 되는 거 알지?
오늘 밤에 있었던 일에 대해 절대 말하면 안 돼."

베이비 존은 손을 위로 들어 올리며 말했다.

"말 안 해, 맹세해. 전에 영화관에서 샤크파 놈들한테

붙잡혀서 맞았을 때 봤던 영화가 아직도 상영 중이야.
경찰이 오늘 뭐했냐고 물으면 다 같이 영화 보러
갔었다고 알리바이를 대면 돼."

에이랩은 베이비 존의 머리카락을 헝클어뜨리며
칭찬했다.

"이야, 너 머리 좀 돌아간다!"

"준비된 알리바이도 있는데 우리가 왜 겁을 먹어야 해?
왜 우리가 여기 숨어 있어야 해?"

"닥치고 영화 줄거리나 말해. 재미있게 얘기해라."

베이비 존은 경찰을 피해 숨어 있는 이 상황에 흥분이
됐다. 이건 실제 상황이었다. 지금 그에게 의지하고 있는
에이랩도 앞으로는 두려움이라곤 없는 액션에게 지시를
받게 될 것이다. 다른 데서 일하느라 정신없이 바쁜
슈퍼히어로들에게 덜 의존해도 될 것 같아서 조금은 기분이
나아졌다.

만약 액션이 조직원들에게 지붕을 장악하고 진짜
무기를 가지고 올라가라고, 최대한 경찰한테 잡히지 않으면서
버티라고 결정한다면 어떻게 될까! 그거야말로 남자다운
방식이 아닐까! 액션이 이 혼란스런 상황에서 조직원들을
구해낼 계획을 세우지 못했다고 해도, 경찰과 대치하는 게
얌전히 소년원으로 끌려가는 것보다는 나을 것이다. 베이비

존의 머릿속에 상황이 그려졌다. 사방에 쫙 깔린 경찰들, 곳곳에 진을 친 텔레비전 카메라와 기자들, 그리고 방독면을 쓰고 지붕에 올라가 버티는 제트파 조직원들.

그는 에이랩에게 말했다.

"우린 방독면을 써야 해."

"방독면을? 그건 왜?"

"경찰과 맞서 싸워야 하니까."

"무슨 소릴 하는 거야?"

베이비 존은 비밀 얘기를 하듯 목소리를 낮췄다.

"두고 보면 알아. 경찰들이 우리를 찾으려고 이 동네를 헤집고 다니면 상황은 더 나빠질 거야. 우리한테는 행동 계획이 필요해. 액션… 액션이 계획을 세워야 하지 않을까?"

"액션이나 디젤이 하겠지. 그래도 액션이 머리에 든 게 더 많으니까 액션이 하겠네."

에이랩은 자기 머리를 톡톡 치고는 덧붙였다.

"적어도 내가 바라는 건 그래. 액션이 우리한테 뭘 어떻게 해야 할지 말해줄 거야."

"액션이 할 수 있을까?"

베이비 존은 이런 얘기를 나누면서 기분이 나아진 건지 아닌지 잘 알 수 없었다. 액션이 이미 결정을 했다면 그는 계획을 제안할 기회도 없을 것이다.

"우리더러 어떻게 생각하는지 물어볼지도 몰라."

"그럴 수도 있겠지."

에이랩은 맞장구를 치고는 베이비 존에게 조용히 하라고 했다. 누군가 휘파람으로 신호를 보내는 것 같았다. 에이랩이 덧붙여 말했다.

"여기 모인 사람이 여섯 명이네. 나쁘지 않아."

그들은 다른 차에서 꺼내온 차량 시트들을 늘어놓고 트럭 짐칸에 모여 앉아, 제트파의 다른 조직원들이 더 오기를 기다렸다. 애니바디스는 창문이나 문짝을 강제로 열 때 최고로 좋은 도구이고, 싸울 때는 무기로도 쓸 수 있다며 자신이 찾아낸 쇠지렛대에 대해 쉴 새 없이 떠들어댔다. 하지만 아무도 귀 기울여 듣지 않았다. 다들 액션이 담배를 다 피우고 지시를 내려주기를 초조하게 기다리고 있었다.

액션은 지금 여기 모인 제트파의 머릿수를 헤아렸다. 총 여덟 명. 애니바디스까지 끼워 넣으면 아홉 명이었다. 그는 트럭 바닥에 담배를 비벼 끄며 입을 열었다.

"지금 시작하는 게 좋겠어. 우리 조직원들 중에 누가 체포됐을 수도 있으니까. 내가 대장 자리를 넘겨받는 것에 대해 반대하는 사람?"

마우스피스가 바로 대답했다.

"난 찬성."

모두가 목소리를 낮춰 동의를 표하자, 새로이 대장이 된 액션은 하던 얘기를 계속했다.

"좋아. 혹시 괜찮은 계획 있는 사람?"

베이비 존이 입을 열기도 전에 애니바디스가 냉큼 나섰다.

"나 있어. 우린 토니를 구해야 해. 지금 몇몇이 토니를 찾아다니고 있거든."

디젤이 말했다.

"걔들더러 찾으라고 해. 우리 수고도 덜 수 있잖아. 액션, 이만하면 의논은 충분히 하지 않았어? 경찰한테 붙잡혀서 가슴팍에 죄수 번호판 들고 사진 찍히기 전에 어서 여길 빠져나가자. 토니를 찾아다니는 놈들이 잘 찾아내면 좋겠네. 나쁜 새끼. 토니가 끼어들지만 않았어도 리프는 지금 살아 있을 거야. 결투에서도 내가 베르나르도를 쓰러뜨렸을 거라고."

액션은 디젤의 말에 대꾸도 하지 않고 애니바디스에게 물었다.

"누가 토니를 찾아다닌다는 거야?"

애니바디스는 안쪽 용수철이 망가지지 않은 시트로 옮겨 앉으며 대답했다.

"샤크파 놈들. 다들 흩어지고 나서 내가

푸에르토리코인들 구역에 몰래 숨어들어 갔었거든.

어떻게들 하고 있는지 보려고. 난 굳이 그림자 속에 숨지

않아도 남들 눈에 안 띄게 움직일 수 있어."

스노우보이가 타박했다.

"그래, 남들 눈에 안 띄어서 좋겠다. 쓸데없는 소리

그만하고 빨리 본론이나 말해."

액션이 애니바디스에게 물었다.

"우리한테 해줄 얘기가 있기는 해? 어서 말해 봐."

"치노가 다른 샤크파 조직원들한테 하는 얘길 들었어.

내가 가까이 갔는데도 걔들은 모르더라고."

애니바디스는 여전히 뽐내는 말투로 말을 이었다.

"치노가 토니와 베르나르도의 여동생에 대한 얘길

했어. 그러면서 스페인어로 맹세를 했는데 내가 그 말을

알아들었지."

애니바디스는 뜸을 들인 후 말했다.

"무슨 일이 있어도 꼭 토니를 찾아내겠대."

그러자 디젤이 말했다.

"토니라면 치노 그 자식 대가리를 한 방에 쳐서

쓰러뜨릴걸. 그러니까, 예전의 토니라면 말이야."

애니바디스도 같은 생각이었다.

"그러게. 치노가 토니를 먼저 권총으로 쏘지 않는다면

215

가능한 얘기겠지. 치노가 샤크파 애들한테 권총을
보여주더라."

액션이 벌떡 일어섰다.

"개새끼들! 비열한 푸에르토리코 놈들은 도대체가
가만히 있지를 않아! 지금부터 배신 때리는 것 같은 말은
접수하지 않겠어. 나도 토니를 좋아하진 않지만 우리가
아닌 다른 놈들이 토니를 붙잡아서 손보는 꼴은 도저히
못 보겠어. 스페인어 쓰는 놈들한테 못 넘겨. 반대하는
사람 있어?"

제트파 조직원들 앞에 선 액션은 조직원들이 그의 뜻에
따르겠다는 뜻으로 고개를 끄덕이는 것을 보았다. 생각이
하나로 모아지자 액션이 지시했다.

"지금부터 흩어져서 토니를 찾아. 애니바디스,
그라지엘라랑 다른 여자애들이 어디 있는지 알지?"

"알 것 같아."

"걔네들한테도 토니를 찾으라고 전해. 누구든 토니를
찾으면 여기로 데려오라고 해. 한 명은 여기 남아 있어야
할 텐데. 어둠 속에 혼자 있어도 겁 안 나는 사람."

베이비 존이 대답했다.

"내가 남아 있을게."

"좋아. 네가 남아. 우리 조직원 중에 누구든 여기 오면

216

지금 내가 한 말을 전해. 토니가 오면 여기 있으라고 하고.
알았지?"

베이비 존은 고개를 끄덕였다.

"그럴게. 애니바디스가 쇠지렛대를 빌려주면 좋겠는데."

"나중에 꼭 돌려줘."

애니바디스는 이렇게 말하며 쇠지렛대를 베이비 존에게
내주었다.

액션은 나머지 조직원들에게 손짓하며 트럭 밖으로
데리고 나갔다. 베이비 존은 쇠지렛대를 옆에 끼고 트럭
안에 남아서 슈퍼히어로들에게 다시 열심히 생각의 신호를
송출하기 시작했다.

안타깝지만, 어쩌면 그가 처한 문제는 슈퍼히어로들이
굳이 나설 필요도 없을 만큼 사소한 것일 수도 있었다. 어쩌면
우주로 날아가고 있는 리프의 영혼이 베이비 존을 위해
슈퍼히어로들에게 말을 전해주지 않을까.

넌 내가 사랑하는
남자야

마리아는 침대에 누운 토니에게 입을
맞췄다. 그는 절박하게 그녀에게 매달려 그녀의 입술을
찾았다. 고통 속에서 필사적으로, 마치 죽어가는 사람처럼
그녀를 안았다. 그녀의 가슴으로 향하던 그의 오른손이
잠시 머뭇거리다가 천 아래서 고동치는 따뜻하고 부드러운
살을 모아 쥐었다. 함께할 수 있는 시간이 몇 분 후면
끝날지도 모른다. 길어야 한두 시간일 것이다. 토니는 다급히
마리아에게 매달렸고 그렇게 둘은 침대에서 하나가 됐다.

잠시 후 그는 몸을 떨며 일어나 있었다. 옆에 놓인 베개로
머리를 옮긴 마리아는 그가 울다가 다시 잠드는 소리에 귀를
기울였다. 이제 곧 부모님이 계단을 밟고 올라오시겠지.

아니면 장의사로 가시려나? 나르도 오빠는 시체 안치소로 옮겨졌을까?

토니가 다리 안쪽에 극심한 고통을 느끼는 듯 덜덜 떨면서 두 다리를 모으자 침대가 흔들렸다. 혼란스러워하며 숨을 헐떡이던 그는 침대를 떠나려 했다.

"그냥 여기 있어."

마리아의 말에 그가 작게 속삭였다.

"마리아, 난 이제 가야 해."

마리아는 더 말할 시간을 주고 싶지 않았다. 그를 꼭 끌어안고 가슴과 배, 허리를 그의 몸에 붙였다. 저 아래 거리에서 사이렌 소리가 울려 퍼질 때까지 욕망이 두려움을, 환희가 슬픔을 이겨내도록 해야 했다.

그는 돌연 뒤로 물러나 신발을 더듬어 찾았다. 그의 목 안에서 공포가 차오르는 듯했다. 마리아는 얼른 그의 뺨에 입을 맞췄다. 마리아 역시 속에서 울음이 터져 나올 것 같았지만 품에 안은 이 남자가 겁을 먹지 않도록 울음을 꾹 내리 눌렀다.

마리아는 흐느끼며 말했다.

"우린 결혼했어. 오늘 오후에 우린 정말 행복했잖아. 밤에 널 기다리면서도 무척 기뻤어."

"넌 아직 어려. 다시 행복해질 수 있을 거야. 나보다 나은

남자랑 다시 시작해. 내가 바라는 건 그거야."

마리아는 고개를 저었다.

"내 남편은 너야."

"안 돼. 난 살인자야."

"내 연인도 너야."

"그것도 안 돼."

토니는 그녀의 눈을 마주볼 수 없어 고개를 옆으로
돌렸다.

"베르나르도가 허락하지 않을 거야. 맙소사, 마리아. 내가
네 오빠를 죽였어!"

"나르도 오빠가 먼저 네 친구를 죽였잖아. 형제나
다름없는 친구라며."

"아니. 그건 다 옛날 얘기야. 말이 그렇다는 것뿐이야.
리프는 형제가 아니었어. 친구조차 아니었을지도 몰라."

"대신 나서서 살인까지 했으니 친구 이상인 것은 맞지."

마리아는 낮고 차분한 목소리로 그를 달랬다.

"그 친구에 대해 말해줘."

"무슨 할 얘기가 있겠어?"

토니는 슬픔으로 몸을 떨었다.

"리프는 좋은 녀석이었어. 배짱도 있었고. 두려워하는
사람도 없었지. 늘 싸움거리를 찾아다녔어."

마리아는 고개를 절레절레 흔들었다.

"나르도 오빠랑 똑같네."

"그러게. 제트파는 리프에게 큰 의미가 있었어."

"나르도 오빠도 샤크파를 사랑했어."

"리프와 베르나르도는 참 비슷했구나."

침대에서 일어나 앉은 마리아는 고개를 끄덕이며 베개의 눌린 자국을 손으로 쓰다듬었다. 토니가 베고 누웠던 자리에 땀으로 축축하게 눌린 자국이 나 있었다. 마리아가 보기에는 토니도 가엾고, 베르나르도와 꼭 닮은 리프도 안타까웠다. 리프와 눈을 마주친 적은 없지만 베르나르도와 같은 눈빛이 아니었을까. 늘 불안정하고 공격적이며 증오할 대상을 찾아다니는 눈빛. 자신이 상남자임을 증명하려고 발버둥 치지만 늘 실패하고 마는 남자의 눈빛 말이다.

리프나 베르나르도에게 미래가 있었을까? 아마 없었을 것 같다. 그들은 비뚤어진 청춘으로 살면서 기쁨을 맛보고 재미난 일들을 목격하며 쾌락을 찾아다녔다. 온갖 폭력적인 일은 다 저질렀다. 아무것도 사랑하지 않았고 파괴하기만 했다. 그들은 그저 서로를 증오했을 뿐이다. 마리아는 오빠를 동정하는 만큼 리프도 동정했다. 그 두 사람을 위해 지금 이 순간 기꺼이 인생을 바칠 의향도 있었다.

하지만 무엇 때문에 그렇게까지 해야 할까? 그 둘은 살아

있어 봤자 다른 사람을 죽이기나 했을 텐데? 그들은 어차피
오래 살지도 못했을 것이다. 술집 안이나 당구장 바깥에서,
댄스홀이나 자동차 뒷좌석에서, 외롭게 뻗은 고속도로나 어느
공동주택 안에서 싸우다가 죽었겠지. 그들은 침대에서 얌전히
자다가 죽을 사람들이 아니었다. 리프나 베르나르도 같은
남자들은 서로를 먹이로 삼을 뿐이니, 결국 폭력으로 이득을
보는 자들의 먹이가 되고 만다. 살아 있어도 나이만 먹지
지혜가 깊어질 사람들이 아니었다.

"그러니 그 둘은 죽을 수밖에 없었어. 하지만 넌
아니야. 예전에 넌 그들과 같은 부류였지만 달라지려고
노력했잖아. 리프와 내 불쌍한 오빠는 달라질 생각도
하지 않았어."

"이해가 안 돼. 난 베르나르도를 죽였어. 네 오빠잖아?
내가 네 오빠한테 그런 짓을 했는데 괜찮아?"

마리아는 슬픔에 잠긴 온 세상 여자들을 대신하듯
구슬프게 설명했다.

"넌 원래 오늘 밤에 결투 장소에 가지 않으려고 했는데
내가 네 등을 떠밀었어. 가서 싸움을 말리겠다고
약속하게 만들었어."

그는 죄책감을 마리아와 나눠 짊어지고 싶지 않았다.

"하지만 내가 네 오빠를 죽이길 바랐던 건 아니잖아. 네

오빠를 사랑하지 않아? 오빠를 위해 울고 싶지 않아?"

"내가 언제 울 건지 굳이 묻고 싶어? 나르도는 내 오빠고 넌 내가 사랑하는 남자야."

마리아는 그를 붙잡고 흔들었다.

"난 세상만물을 사랑하고 싶어. 내가 아는 것들뿐만 아니라 내가 모르는 것들과 사람들, 앞으로 보거나 만날 일 없는 존재들까지 전부 다. 이해할 수 있어?"

토니는 열기와 그림자로 무겁게 가라앉은 어두운 방 안을 돌아보았다.

"우리를 봐. 우리는 살고 사랑하고 죽는 존재야. 그 모든 게 너무 빨리 일어나버려."

마리아는 손가락을 들어 그의 입술에 가져다 대며 말을 막았다. 하이힐을 신고 빠르게 계단을 올라오는 소리, 이윽고 주방에서 정신없이 외쳐대는 아니타의 목소리가 들렸다.

"마리아?"

아니타가 마리아의 방문을 두드렸다.

"마리아, 나 아니타야. 왜 방문을 잠갔어?"

마리아는 토니에게 조용히 있으라는 손짓을 하고 대답했다.

"잠겼는지 몰랐어."

아니타가 문손잡이를 잡고 다시 덜걱덜걱 흔들었다.

"문 열어. 할 얘기 있어."

토니는 마리아의 입을 손으로 막고 속삭였다.

"시간을 조금만 벌어줘. 잠깐 기다리라고 해."

마리아가 말했다.

"잠깐만, 아니타. 자고 있던 중이라 눈도 제대로 못 떴어."

마리아는 토니를 돌아보며 물었다.

"어디 가려고?"

그는 소리 죽여 말했다.

"닥의 가게에. 나랑 같이 떠날 생각 있으면 그리로 와. 거기서 기다리고 있을게. 어디인지 알지?"

"너를 보려고 오늘 그 앞을 지나갔었어."

"닥이 돈을 빌려줄 거야. 이따가 올 거지?"

토니는 이렇게 속삭이며 창문 밖으로 넘어갔다.

마리아가 대답을 못하고 있는데 아니타가 다시 문손잡이를 잡고 흔들어대더니 소리쳤다.

"너 누구랑 얘기하고 있구나. 마리아!"

마리아는 토니의 입술에 손가락을 대며 대답했다.

"닥의 가게에서 봐. 최대한 빨리 갈게."

마리아는 토니가 비상계단을 밟고 빠르게 내려가는 모습을 내려다보았다. 그리고 천천히 걸어가 잠긴 문을 열었다.

"들어와, 언니!"

방으로 들어온 아니타는 침대를 한 번 쳐다보고는
창문으로 시선을 돌렸다. 그리고 속옷만 걸친 베르나르도의
여동생을 바라보았다.

마리아가 물었다.

"치노 봤어? 조금 전에 여기 왔다 갔는데 미친 사람
같더라."

아니타가 아무 대꾸 없이 빤히 쳐다보기만 하자
마리아는 멈칫했다가 말했다.

"그래. 다 아는 눈치네."

"너 진짜 미쳤구나!"

아니타는 악을 쓰며 창가로 달려가 창문부터 닫았다.

"세상에 아무리 더러운 창녀도 너 같은 짓을 하진 않아!
오빠를 죽인 놈이랑 동침을 해? 그놈이 네 부모님까지
죽이면 뭘 해줄래? 그놈을 위해 거리에서 몸이라도 팔
거야?"

마리아는 지치고 힘이 빠져 설명할 기력도 없었다.
아니타의 손을 잡으려 했지만 그녀는 방 한쪽 구석으로
물러나 마리아를 더러운 악마 보듯 쏘아보았다. 이런
마리아를 보고 있다는 사실이 도저히 믿기지 않는
눈빛이었다.

마리아는 흐느껴 우는 아니타에게 말했다.

"무슨 생각하는지 알아. 토니도 언니랑 같은 생각이었어."

"친구라는 놈 대신에 토니가 죽었어야 했어! 베르나르도가 토니를 죽였어야 했다고!"

"그럼 나르도 오빠는 내가 사랑하는 남자를 죽이는 게 되겠네."

아니타는 귀를 틀어막았다.

"듣고 싶지 않아. 창녀 같은 년! 네 얼굴을 보고 싶지도 않아!"

마리아는 천천히 창가로 걸어가 유리창에 이마를 갖다 댔다. 유리창 표면이 방 안 공기보다 차가웠다. 토니는 지금쯤 어디 있을까. 경찰들과 오빠의 친구들을 피해 잘 도망쳐 숨었을까?

마리아는 지금 기분이 어떤지 아니타에게 말하고 싶었다. 치노에게 오빠가 죽었다는 얘기를 전해 들었을 때 마리아는 토니가 지독하게 미웠었다. 토니가 죽기를 바랐을 만큼.

아니타가 말했다.

"치노가 총을 갖고 있어. 애들을 풀어서 토니를 찾고 있는 중이야."

"치노가 토니를 다치게 하면, 털끝 하나라도 건드리면 내가…."

"토니가 베르나르도한테 한 것처럼 너도 그렇게
하려고?"

"난 토니를 사랑해."

아니타는 고개를 절레절레 흔들었다. 오늘 밤은 온통
이해 못할 일들만 일어났다. 아니타는 흑난초 향 거품
목욕제로 목욕을 하고 초조하게 베르나르도를 기다렸다.
하늘에 첫 번째 별이 떠오르자 소원도 빌었다. 그런데 이제
검은 원피스를 입고 베르나르도의 장례식에 참석하게
생겼다.

"그래, 어떤 마음인지 알아. 나도 베르나르도를
사랑했으니까."

마리아의 얼굴에서 핏기가 가셨다.

"부모님이 집에 오실 때까지 여기 있어 줘, 언니.
부모님에게 말해줄 사람이 필요해."

아니타는 신랄하게 비웃으며 매섭게 내뱉었다.

"넌 왜 못하니? 넌 왜 안 돼? 매일같이 일어나는 흔해
빠진 일일 뿐이잖아. 부모님한테 오빠가 죽었다고,
살해당했다고 말해. 넌 네 오빠를 죽인 놈과 달아날
거라고 말하라고."

"이해 좀 해줘."

"이해 못 해! 난 이해 못 해. 이해하고 싶지도 않아.

난⋯."

"언니는 이해하잖아. 그래서 이렇게 악을 쓰는 거잖아.
우린 여길 떠날 거야, 언니. 닥의 가게에서 토니와
만나기로 했어. 우리를 못 가게 막는 사람이 있다면
먼저 나부터 죽여야 할 거야. 치노한테 이 말을 전해줄
수 있어?"

현관 초인종이 울리더니 문이 벌컥
열렸다. 소녀들은 주방으로 성큼성큼 들어온 슈랭크 형사를
보았다. 그는 빠르게 걸어 들어와 사방을 눈으로 훑으며
욕실 문을 열었다. 비좁은 욕실 안을 살펴보고 다른 침실을
들여다본 뒤 주방문을 닫고는 그 앞에 서서 마리아에게
물었다.

"소식 들었지? 네가 동생이냐?"

"네. 오빠 시신이 어디 있는지 말씀해주시면—"

"그건 안 급하니까 나중에 하고."

어색해진 분위기를 느낀 슈랭크는 멋쩍은 미소를 지으며
덧붙였다.

"일단 몇 가지 질문부터 하자."

마리아는 침대에 놓인 원피스를 집어 들고 머리 위로
내려 입으며 말했다.

"질문은 이따가 해주세요. 오빠부터 보러 가야겠어요.

가면서 말씀해주세요."

"일 분밖에 안 걸려."

아니타가 날카롭게 따지고 들었다.

"얘 오빠가 죽었어요. 잠깐 기다려주시면—"

슈랭크는 아니타에게 입 닥치고 있으라는 뜻으로

목소리를 높이며 마리아에게 물었다.

"됐어! 어젯밤에 너도 문화센터 댄스파티에 갔었지?"

"네."

마리아는 원피스의 등쪽 지퍼를 올려달라고 아니타에게

고갯짓으로 부탁했다.

"네가 거기서 네 오빠가 싫어하는 놈이랑 춤을 추는

바람에 네 오빠가 큰 말썽에 휘말렸다."

슈랭크는 두 소녀를 면밀히 살폈다. 초장에 기를

꺾어놓지 않으면 꽤 힘들어질 사건이었다.

"베르나르도를 보러 가고 싶다고? 그래. 데려다줄

테니까 가는 길에 네가 아는 걸 다 털어놔."

"잠시만요. 언니, 내가 두통이 더 심해져서 그런데, 약 좀

사다 줄 수 있어? 두통약 이름이 뭐더라?"

"아스피린."

아니타는 대답만 하고 갈 생각을 하지 않았다. 슈랭크는

욕실과 주방 찬장을 가리키며 말했다.

"아스피린은 보통 저런 곳에 보관하지 않나?"

"집에 있는 약이 다 떨어져서요. 언니, 약 좀 사다줘. 약국 문 닫기 전에 갔다 와 줘."

슈랭크가 마리아의 팔을 잡으며 말했다.

"경찰서에도 아스피린 있어."

"오래 걸리나요?"

슈랭크는 손목시계를 들여다보며 어깨를 으쓱했다.

"얘기해 봐야 알겠지."

"오래 걸릴 것도 없어요."

마리아는 이렇게 말하고는 슈랭크한테서 고개를 돌려 아니타에게 애원하는 눈빛을 보냈다.

"가게로 갈 테니까 거기서 기다려줘. 오래 안 걸릴 거야."

"알았어. 닥도 네가 올 거라고 하면 가게 문 열어놓고 기다려줄 거야."

아니타는 이렇게 대답하고는 슈랭크에게 고개를 돌리며 말했다.

"얘한테 함부로 하지 마세요. 얘는 오늘 밤 충분히 고통을 겪었어요. 그리고 난 베르나르도의 여자 친구예요."

아니타가 시비조로 말하자 슈랭크가 굳이 토를 달았다.

"전에는 그랬겠지."

마리아가 슈랭크의 주의를 끌려고 말했다.

"질문은 저한테 하세요."

"아직 묻지도 않았어."

슈랭크는 앞장 선 마리아의 뒤를 따라 공동주택 계단을 내려가면서 이국적인 집 안 냄새에 코를 찡그렸다.

"어제 어떤 녀석 때문에 싸움이 벌어졌다면서."

마리아가 주저하지 않고 거짓말을 했다.

"제 고향에서 온 남자예요."

"그놈 이름이 뭔데?"

마리아는 슈랭크를 똑바로 올려다보며 말했다.

"호세요."

닥의 가게를 한 블록 앞두고 아니타는 머리를 빗고, 젖은 손수건으로 얼굴을 문질러 닦은 뒤 그 손수건을 버렸다. 거울도 없이 립스틱을 새로 바르고 치맛자락의 주름을 폈다. 여기는 미국이다. 미국인들은 슬픔을 요란하게 표현하는 것을 부끄러워해서 조용히 애도하는 풍습이 있다. 아니타도 여느 미국인들처럼 그렇게 할 수 있었다.

닥의 가게에 들어간 아니타는 순간 멈칫했다. 가게

안 공중전화 부스 두 개의 문짝이 뒤로 휙 젖혀지더니, 그 안에 들어가 있던 에이랩과 디젤이 입을 꾹 다물고 그녀를 쏘아보았다.

아니타가 천천히 입을 열었다.

"닥을 만나러 왔어."

에이랩이 디젤을 쳐다보며 고개를 저었다.

"여기 없는데."

"어디 가셨어?"

아니타는 카운터 뒤쪽 문을 흘끗 쳐다보았다.

에이랩이 손톱으로 이빨을 쑤시며 대답했다.

"은행에 갔지. 계좌에 무슨 문제가 있다던데."

"웃기네. 밤이라 은행 문은 닫았잖아. 어디 계셔?"

이번에는 디젤이 대답했다.

"은행 가셨다고. 닥은 비쩍 말라서 야간 예금 창구로 쑥 들어갈 수 있다구."

"그리고 중간에 끼겠지."

에이랩은 공중전화 부스에서 나오며 덧붙였다.

"그래서 닥이 언제 돌아올지 알 수 없다는 말이야."

에이랩은 가게 앞문을 열고 고개를 끄덕거리며 거리를 손으로 가리켰다.

"부에나스 노체스 세뇨리따(Buenas noches, señorita.

좋은 밤이야, 아가씨). 보아 하니 넌 집으로 가는 길에 몸
좀 팔면 2달러는 벌 수 있겠다."

아니타가 카운터 쪽으로 다가가자 에이랩은 문을 닫고
그녀에게 달려와 뒤에서 확 붙잡았다.

"어딜 가려고?"

"저 뒤로. 닥을 만나야 해."

아니타는 그의 손에서 벗어나려 발버둥을 쳤다.

디젤은 카운터 뒤로 돌아가 문을 막고 서서 말했다.

"잠깐 들른거면 내일 다시 와. 귀 먹었어?
닥은 가게에 없다니까."

"내 귀는 네 귀만큼이나 멀쩡해."

화가 치민 아니타의 얼굴이 상기됐다. 이 둘은 위험한
놈들이었다. 아니타는 그녀의 가슴을 뚫어져라 쳐다보는
그들의 눈빛이 꺼림칙했다. 가슴이 좀 더 작았으면 좋았을걸.
하다못해 평범한 브래지어라도 입고 나올걸.

"내 눈으로 직접 봐야겠어."

아니타의 말에 디젤이 경고했다.

"부탁해 봐."

"부탁할게. 좀 지나가게 해줄래?"

에이랩은 그녀의 가슴 쪽을 더 잘 내려다보려고 까치발로
섰다.

"넌 피부가 너무 새까매서 못 지나가. 게다가 브래지어도
안 한 것 같네?"

"이 더러운 새끼가."

"가슴이 꽤 빵빵한데? 푸에르토리코 여자들은 대체 뭘
먹는데 이렇게 빵빵하지?"

에이랩이 이렇게 말하며 웃음을 터뜨렸다.

아니타는 몸을 떨면서도 핸드백을 무기 삼아 손에 꼭
쥐었다. 그녀는 낮은 목소리로 경고했다.

"하지 마."

"하지 마세요, 라고 해야지."

디젤은 에이랩에게 윙크를 하면서 계속 아니타를
희롱했다. 에이랩은 한 번 시작하면 멈출 줄 모르는 놈이었다.
디젤이 다시 말했다.

"하지 마세요, 라고 해 봐."

에이랩이 아니타를 놀렸다.

"포르 파보르(Por favor. 제발)라고 말해보라니까.
논 콤프렌데(non comprende. 이해가 안 되냐), 스페인어
쓸 줄 몰라?"

에이랩은 깔깔 웃으며 다시 까치발로 서서 덧붙였다.

"넌 영어도 제대로 못 하잖아. 안 됐네. 일단 내가 욕부터
가르쳐줘야 겠는데?"

"네 친구한테 전할 말이 있어서 왔어. 토니한테…."

그러자 디젤이 날카롭게 말하며 에이랩에게 희롱을 멈추게 했다.

"토니는 여기 없으니까 꺼져."

"여기 있는 거 알아. 누가 알려줬는지 너희는 알 필요 없고, 내가 직접 토니한테 말할 거야."

아니타는 디젤에게 호소했다.

"그냥 나한테 말해."

에이랩은 이렇게 말하며 아니타를 선반 쪽으로 밀어붙인 다음 뒤에서 몸을 비벼대기 시작했다.

"내 맘보 춤 어때! 끝내주지?"

"저리 비켜. 이 돼지 같은 놈아!"

아니타가 그를 후려치려고 핸드백을 들어 올리자 에이랩이 핸드백을 확 빼앗아 멀리 던졌다. 아니타가 말했다.

"난 치노를 막으려고 온 거야! 저리 꺼져, 돼지 새끼야!"

에이랩이 으르렁거리듯 위협했다.

"돼지 새끼는 너지. 네가 바로 베르나르도의 암돼지잖아. 마늘 냄새 나는 입에 금이빨과 구멍 뚫린 귓불을 가진 거짓말이나 술술 늘어놓는 돼지 년아. 토니를 잡아다가 치노한테 바칠 생각인가 본데. 뜨거운 맛이나 봐."

에이랩은 아니타의 팔을 잡고 다리를 걸었다. 아니타는

카운터 뒤쪽으로 쓰러졌다. 에이랩은 그녀의 몸에 배를 비벼대면서 두 손으로 그녀의 원피스를 찢었다. 그녀의 다리 근육이 뻣뻣해졌다.

디젤이 환호했다.

"해치워버려, 에이랩! 미국 남자의 맛을 보여줘! 치노한테도 알려줘야지!"

에이랩이 아니타의 뺨을 후려치며 말했다.

"긴장 풀어, 아가씨. 이제부터 강간을 당할 거니까 긴장 풀고 즐기라고…"

그때 디젤이 두 손으로 그의 셔츠를 잡아당기며 말렸다.

"닥이 왔어. 지금 계단을 올라오고 있다고."

에이랩은 마지못해 거친 숨을 내쉬며 일어섰다. 아니타도 겨우 몸을 일으켰다. 놀라 입을 딱 벌린 채 아니타를 쳐다보던 닥은 에이랩과 디젤에게 고함을 쳤다.

"개새끼들아, 이 개만도 못한 것들아, 너희가 한 짓의 죄값을 치르게 될 거다."

닥이 아니타에게 물었다.

"괜찮니?"

아니타는 입술을 깨물며 찢어진 원피스 앞자락을 모아 쥐었다.

"베르나르도 말이 맞았어."

아니타는 눈물을 흘리지 않으려고 안간힘을 쓰며 에이랩을 노려보았다. 에이랩은 손톱으로 이빨을 쑤시고 있었다. 아니타가 계속해서 말했다.

"너희들이 길바닥에 쓰러져 피를 흘리고 있더라도 나는 침을 뱉고 그냥 모른 척 지나갈 거야."

닥이 부드럽게 타일렀다.

"집으로 돌아가."

에이랩이 닥을 밀치며 문 쪽으로 향했다.

"보내주면 안 돼요. 저년이 치노한테 가서 토니에 대해 일러바칠 거라고요. 여기서 못 나가게 해야 해요!"

아니타가 디젤과 에이랩에게 소리쳤다.

"너희 미국인 친구를 위해 메시지를 전해줄 테니까 잘 들어! 살인자 토니한테 앞으로 마리아를 절대 못 만날 거라고 전해!"

디젤과 에이랩이 옆으로 물러나자 아니타는 의기양양하게 웃으며 덧붙였다.

"치노가 두 사람의 관계를 알게 돼서 마리아를 총으로 쏴 죽였거든!"

아니타는 가게를 나가면서 문을 세차게 닫았다. 놀란 닥은 카운터 측면에 기대어 무너지듯 주저앉았다.

"맙소사. 토니한테 말해줘야겠다. 둘 다 나가!"

닥은 디젤과 에이랩에게 소리쳤다.

"당장 꺼져! 썩어 빠진 너희에게 문을 걸어 잠그지 않은 교회가 있는지 찾아보기나 해!"

디젤이 에이랩을 쿡 찌르며 말했다.

"난 떠날 거야."

"어디로."

디젤은 문을 보며 말했다.

"어디든. 북쪽이나 남쪽, 아니면 서쪽으로."

누군가 그들의 목소리를
들어주기를

토니는 고통스러워하며 가게에서
뛰쳐나갔다. 정해놓은 방향도 없었고 희망도 사라졌다.
마리아가 죽었다. 다시는 돌아오지 못할 곳으로 떠나버렸다.
그의 죄는 또 다른 죄를 낳으면서 도무지 끝나지 않고 있다.
이 모든 비극을 끝낼 사람을 찾아야 했다.

치노가 무엇을 어떻게 할 계획인지 모르겠지만 그가
해줘야 할 일이 남아 있는 것 같다. 토니는 치노를 찾아내서
이런 비극을 낳은 자신의 죄를 심판하게 할 작정이었다.

그래야 끝낼 수 있었다. 괴로움으로 가득 찬 이 세상에
미련을 버린 토니는 끝을 향해 조급히 내달렸다.

거리 곳곳에 사람들이 모여 있었다. 그는 도로를 따라

서둘러 걸어갔다. 현관 앞 계단과 도로 옆에 모여 선 사람들, 자동차에 기대어 선 사람들이 떠드는 소리가 들렸다. 하지만 그들이 나누는 대화는 하나도 귀에 들어오지 않았다.

경찰차 한 대가 지나가자 토니는 얼른 골목으로 들어가 숨었다. 경찰차가 지나간 뒤 그는 서둘러 커피 팟으로 향했다. 하지만 그곳에 치노의 모습은 보이지 않았다. 문득 치노가 거리를 활보하고 있지는 못할 거라는 생각이 들었다. 어느 건물 뒷마당이나 지하실 혹은 지붕 위에 있을 공산이 컸다. 치노에게 자신이 사냥당하는 게 아니라 오히려 사냥하러 나선 사람처럼 보이게 만들어야 했다.

"치노?"

토니는 푸에르토리코인들이 사는 공동주택 구역에 있는 공터에 서서 큰소리로 외쳤다. 심호흡을 하고 한 번 더 고래고래 소리를 질렀다.

"나 여기 있어, 치노! 너를 기다리고 있다고!"

어디선가 발소리가 들리자 토니는 그쪽으로 돌아섰다. 치노가 잘 쏘아 맞출 수 있도록 두 팔까지 벌렸다. 하지만 그에게 다가온 사람은 치노가 아니었다. 어둑한 불빛 아래서 그를 향해 달려오는 애니바디스의 모습이 보였다. 애니바디스가 토니에게 외쳤다.

"미쳤어! 여긴 푸에르토리코인들 구역이야"

"상관 말고 얼른 여기서 꺼져!"

토니는 애니바디스를 옆으로 밀치고 두 손을 모으며
다시 소리쳤다.

"치노. 나 여기 있다! 이 개새끼야! 여기서 기다리고
있다고!"

애니바디스가 그의 팔을 잡고 가까운 건물의 지하실
쪽으로 잡아당기며 말했다.

"조직원들이…."

"꺼져! 분명히 경고했다."

토니는 오른손을 크게 휘둘러 애니바디스의 뺨을
후려쳤다. 건물 저 위쪽 창문에서 불이 켜졌다. 토니는 공터
구석으로 달려가며 소리쳤다.

"치노! 어디 있어? 여기서 널 기다리고 있다니까.
빨리 와서…."

그 순간 총알이 날아와 토니의 가슴을 쳤다. 갑작스럽게
가해진 충격에 놀란 토니의 몸이 옆으로 휙 돌았다. 입에서
피가 터져 나오며 바닥에 쓰러졌다. 그 순간 그의 이름을
부르며 달려오는 하얀 형체가 보였다.

마리아였다. 마리아는 쓰러진 토니에게 달려왔다.
창백해진 토니 와이젝의 뺨에 마리아의 눈물이 쏟아졌다.
토니는 도시의 소음을 귀에 담은 채 세상을 떠났다.

지상에서 살다 갔다고 말하기조차 어려울 만큼 너무나도
짧게 살다가 맞이한 죽음이었다. 마리아는 토니의 눈을
손으로 감긴 다음 천천히 몸을 일으켰다. 애니바디스가
이쪽으로 천천히 걸어오고 있었다. 마리아는 그녀에게 더
이상 다가오지 말라고 명령했다. 그리고 치노에게도 말했다.

　"물러나 있어. 아니, 이리로 와서 나한테 그 권총을 줘."

　권총을 손에 쥔 마리아는 단단하고 잔인한 금속의
감촉을 느꼈다. 총은 너무나도 알맞고 편안하게 손에
들어왔다. 마리아는 치노에게 물었다.

　"이거 어떻게 쏘는 거야? 그냥 이 작은 방아쇠를 당기면
돼?"

　마리아가 권총을 들어 총구를 겨누자 치노는 몸을
움츠렸다.

　"여기 총알이 몇 개 남아 있지, 치노? 널 죽일 수 있을
만큼은 남아 있는 거야?"

　마리아는 건물 측면에 기대어 선 애니바디스에게도
총구를 겨눴다.

　"우리 모두가 토니를 죽였어. 내 오빠와 리프, 그리고
내가 토니를 죽였어."

　마리아는 총으로 다시 치노를 겨눴다.

　"내가 널 죽일 수 있을까, 치노? 그리고 나서도 내

목숨을 끊을 수 있는 총알이 남아 있을까?"

누군가 그녀의 어깨를 잡고 부드러운 목소리로 그녀의
행동을 말렸다. 고개를 든 마리아의 눈에 닥의 얼굴이
보였다. 닥은 마리아에게 함께 토니의 어머니에게 가자고
말했다. 토니의 어머니에게 이 슬픈 소식을 전해야 한다고
했다. 토니의 어머니는 다른 여자의 위로가, 특히 아들을
사랑했던 여자의 위로가 필요할 거라고 마리아를 설득했다.

열 개의 거리에 사는 만 명의 사람들,
이만, 삼만 명의 사람들은 이 비극적인 사건의 실체에 대해
모두 알게 되었지만, 수만 개의 뉴욕 거리에 사는 다른
수백만 명의 사람들은 그러지 못했다. 그리 많지 않은 수의
신문들이 고속도로 다리 밑 공터에서 벌어진 살인사건에
대해 다뤘지만 하나같이 불완전한 내용으로 채워진 빈약한
기사였다.

그날도 이 도시에 사는 대부분의 사람들은 잘 잤고
즐거운 시간을 보냈다. 긴장을 확 풀고 즐길 수 있는
일주일에 단 하루뿐인 토요일 밤이었으니까. 그날도
이곳에는 사랑하고, 좋은 음식을 먹고, 높은 자리를
열망하고, 그런 자리에 오르는 사람들이 있는 한편
평화롭게 숨을 거두거나, 폭력으로 인해 죽는 사람들도

있었다.

하늘을 올려다보며 외로움에 고통스러워 하는
사람들도 있었다. 그들은 하늘의 별과 달을 바라보며 조용히
외로움을 호소했다. 그리고 저 멀리 어딘가에 있는 누군가
그들의 목소리를 들어주기를, 작은 꿈들이 실현되기를,
조만간 믿을 수 있고 사랑할 수 있고 행복을 함께할 사람을
만나기를 바랐다.

그 소원들 중 일부는 이루어졌다. 하지만 이 도시에 사는
모든 이들이 세상을 떠난 후에도 오래도록 세월을 견뎌내야
할 도시의 입장에서는 큰 차이가 없었다.

세상일이라는 게 그렇다. 상황이 바뀌지 않는 한 언제나
변함이 없을 것이다.

웨스트 사이드 스토리
1판 1쇄 발행 2021년 10월 21일

지은이 어빙 슐먼
옮긴이 공보경

발행인 추기숙
기획 최진 | 경영총괄 박현철 | 편집장 장기영
디자인 이동훈 | 경영지원 김정매 | 제작 사재웅

발행처 ㈜다니기획 | 다니비앤비(DANI B&B)
출판신고등록 2000년 5월 4일 제2000-000105호
주소 (06115) 서울시 강남구 학동로26길 78
전화번호 02-545-0623 | 팩스 02-545-0604
홈페이지 www.dani.co.kr | 이메일 dani1993@naver.com

ISBN 979-11-6212-117-7 03840

다니비앤비(DANI B&B)는 ㈜다니기획의 단행본 임프린트입니다.
블로그 blog.naver.com/daniversary 포스트 post.naver.com/daniversary
트위터 @daniversary 인스타그램 @daniversary 페이스북 @daniversary1

책값은 뒤표지에 있습니다.
잘못 만들어진 책은 구입하신 서점에서 바꾸어 드립니다.

이 책의 본문은 '을유1945' 서체를 일부 사용했습니다.

독자 여러분의 책에 관한 아이디어와 원고 투고를 기다리고 있습니다. 책 출간을 원하는
아이디어가 있으신 분은 이메일(dani1993@naver.com)로 간단한 개요와 취지, 연락처 등을
보내주시기 바랍니다. 기쁜 마음으로 여러분의 의견을 소중히 받아들이겠습니다.

WEST
SIDE
STORY